岸田 徹

病院にピットイン！

腹膜透析闘病記

リトルズ

はじめに——私が腹膜透析を選んだわけ

本書は、腎臓の機能を人工的に代替する人工透析の方法の一つ、腹膜透析に取り組んだ経営者の記録である。

私は、自分の腎臓の劣化を補強する意味で透析を選んだ。血液透析は知っていたが、腹膜を使って透析ができることは、そのときになって初めて知った。詳しくは後述するが、主治医の先生のお話や、医療器具メーカーからいただいた腹膜透析の説明書を読んで深く内容を知り、自分が考えていたような、透析しながら仕事を続けて行くのに向いているものだと思ったのである。

血液透析は大掛かりな設備も必要なので、医療機関でないとできない。一方、腹膜透析に関しては、腹膜に管を通すカテーテル手術については外科の力が必要だが、カテーテルができてしまえば、透析液交換は医療機関でなくても誰にでもできるシステムである。

日本人の寿命は、どんどん伸び、現在で80歳代、ここ5〜10年先には100歳時代が来るのではないかと容易に想像がつく。

腹膜透析は、長寿国のわれわれ、腎不全患者には新たな選択肢として広がりつつある透析治療の一つである。血液透析は医療機関で行う治療であるのに対して腹膜透析は、家庭や出張先での医療機関でなくてもできる透析治療である。自分の劣化した腎臓がまだ働く間、その腎臓を使いつつ、腎臓機能の一部を腹膜に代行させて傷んだ腎臓を補完していくのである。これは自分の身体を使った生体療法なので、相性もよく波のない自然に近い療法だと言える。

私の目的は、腹膜透析治療によって、透析前と変わらぬ日常生活を取り戻し、変わらず仕事を続けることだ。私は、中小企業の創業者として、全国を飛び回ってきた。中小企業では、社長が営業所をまわったり、会議に出たりするだけで会社が締まるものだ。実務はそれほどしなくても、元気に社長が営業所に行って目を光らせているだけで、変わることなく業績が更新されていくのである。

これまで通りに仕事が続けられるものか、実際に腹膜透析治療を実践していき、変わらず仕事ができることを実証していきたいと考えている。

なお、本書に記した腹膜透析の手順等については、一部に透析機器メーカーの推奨手順と異なる部分がある。自分に合うように私独自の手順を追加したものもあるので、ご留意願いたい。

● 目次

第一章　透析を始めるまで

家具売り場デザインの道へ

私は、昭和25年（1950）4月14日、両親が満州から引き揚げて東京に住んでいた時に、中野で生まれた。2歳になるかならないかの時に、父が姫路工業大学（現兵庫県立大学）に講師として赴任し、姫路市飾磨区に居を構えたので、そこで大学を出るまで育った。

大学のころは軽音楽部で部長を務めた。その関係で定期演奏会などのステージ関係を経験することになり、経済学部ではあったものの舞台関係の仕事に進みたいと思っていた。舞台関係者の方にそちらの仕事に就くためにはどんなことをしたらよいか聞いてみたところ「自分も演劇をやっていてこの仕事に入ったが、できればデザインの専門学校か芸大などに行ってデザイン関係の概要を学んでおいた方が良いよ」「それがないので自分は今困っている」「夜は私のところに来たら舞台関係の事を勉強させてあげるので、昼間はデザイン学校に行きなさい」とのアドバイスをいただいた。私は4人兄弟の末っ子だ。上3人が大学院まで出してもらっているので、叔母から「あなたも大学院に行くつもりで専門学校に行かせてもらいなさい」と説得していただき、親もデザインの専門学校に行かせてくれることになった。

専門学校とはいえ緻密な課題が鬼のように出る。週に3日は徹夜の連続だった。このような状態で、夜はステージ関係のアルバイトにもいけなくなり、舞台関係の方と疎遠になる一方、世の中いろいろなデザイナーがいて成り立っていることに気が付いた。建築から始まり内装デザイン、商業施設のデザイン、グラフィックデザイン、編集のデザイン、パッケージデザイン……。

当時、在学中から兵庫県小野市の小物家具のデザインで市長賞を取ったり、学校の奨学金制度に選ばれたりしたので、舞台よりデザイナーの道が向いているのではないか？　と思い始めていた。時はオイルショックの時代、就職難の時期にあたって四苦八苦しているときに、同期（年配ではあったけれど）に、大塚製薬のグループ会社・大塚家具の経営幹部の奥さんが在籍されており「うちを受けてみたら。言っておくから」の一声で就職試験を受けさせていただくことになった。奥さんの助言がどこまで聞いたかわからないが無事合格。家具製造会社の開発部員として就職できた。

その後開発課から本社企画へ異動し、営業部でのディィーラーヘルプとして自社商品の店頭販売の支援を行った。自分勝手に部署を作り活動する中で成果が出始め、全国の営業所から声がかかるようになっていった。現場で、家具はどうすれば売れるのかを独自の考え方で構築して、都内のデパート関係から全国の大手家具小売店まで、自社商品の販促活動をつづけた。

このころは、大手家具メーカー：カリモク、マルニ、フランスベッド、シモンズ、府中産地、飛騨産地などの大手企業が、小売店の中で自社商品をいかに良い場所に展開するか、熾烈な争いを展開していた。小売店全体のことなど関係なく、自社商品だけが一番売れる場所に展開できれば良いというメーカーが多かったので、自社商品の展開場所を固定化するために床材の提供が流行っていた。各社が店舗に部分的に工事を入れて、しっかりと内装工事を仕上げ、自社商品を長くその場で売ってゆく戦術である。全国の家具小売店の店舗が、まるでパッチワークのような有様だった。全体的なバランスも小売店のコンセプトもあったものではない。それを見ていて、メーカー側に立った店づくりではなく、小売店側に立った店づくりが大事であることを痛感した。店の基本的な考え方に沿って統一感のある売り場づくりのできるデザイナーが必要ではないか、と考えるに至り、18年勤務していた大塚家具を卒業し、(株)岸田インテリアスペースを創業した。

その後、家具店の儲け頭の婚礼家具が売れなくなったり、チェーン理論で展開するニトリの台頭、ネットでの家具の販売と目まぐるしい移り変わりがあったものの、独立後大塚時代の18年を上回り27年がたった。働き盛りの時に全国全ての県の家具小売店を回っていたので知り合いも多く、身体が動かなくなるまで請われれば出かけて行ってお力になれることがあればやり続けようと考えている。

大塚時代から考えると家具小売店経営者の世代交代を2度経験している。やめていかれる経営者は、私と懇意にしていても、息子は若い感覚でやるだろうからと、年老いたデザイナーを後継者に紹介することはない。だから私は毎回一から新しい経営者にアピールをして、理解を得ていただいて仕事をしている。そのような新たな経営者とは、30歳くらいの差ができるようになったが、新たな気持ちで説得して仕事をしたいと考えている。そのために私は腹膜透析を選んだ。透析患者は自分から言わなければ、周りにはそれとわからない。透析患者であっても仕事が続けられるはずだと、私は考えている。

自身の病気について

私の従妹は九州大学の医学部出身で、九大に心療内科が発足したときに参画した医者であったが、その後独立して博多で開業していた。今から25年前にそのクリニックを訪れ、血尿が出ることを話し診察してもらったところ、腎臓が悪い疑いがある、紹介状を書いておくから大きな病院でちゃんと検査を受けてみるべきだ、と言われていたのだが、痛くもかゆくもないので、仕事に追いまくられてそのままになっていた。

2000年ごろのある日、風邪で家の近くのクリニックに行ったときに尿検査したところ、潜血反応が尋常ではなく、すぐ大きい病院に行ってくださいと言われ、翌日に総合病院の外来へ行き診断を受けた。「腎臓の組織を針で少量採取して調べる腎生検《じんせいけん》を受けないと詳しくはわかりませんが、両方の腎臓が相当ダメージを受けていますね」と診断され、別の病院で腎生検を受けるために入院した。その時点でも血尿が出ていたため、生検後にステロイドパルスを受け3週間入院。生検の結果、どちらの腎臓も3分の2が機能しておりませんと言われた。

それから19年間、月に1回外来で血液検査による病状の把握と塩分、カリウムの制限を行った。こうしていても15年か20年後には透析を考えないといけません、と担当医には言われていた。

それから19年たち、腎機能の指標の一つである血中クレアチニン値の数値が上がり始め、「透析を考えましょう。透析には血液透析と腹膜透析があります。この冊子を見てどちらを選ぶか考えてみてください」と言われたのが令和元年（２０１９）の6月、7月の段階である。

腹膜透析とは、自分の腹膜を利用して透析を行う方法である。Peritoneal（腹膜）を使ったDialysis（透析）を略してＰＤと呼ばれている（次頁図参照）。それまでは血液透析しか知らず、腹膜透析という方法もあることをその時初めて知った。私が選んだのは腹膜透析である。きっかけの一つになったのが次の事例だ。腎臓サポート協会というＮＰＯ法人が配布している『ソラマメ通信』という情報誌がある。その中で透析治療を受ける患者さんが紹介されていた。この方は最初血液透析になりかけたのだが、医療関係に従事するこの方の娘さんが腹膜透析を勧めたという。この方の住む九州の地域ではまだ腹膜透析が浸透しておらず、やむなくこの娘さんが東京から駆けつけ、九州で対応できる病院を探し最終的には腹膜透析になったということだ。私も家具小売店でよく「自分の親戚、身内

腹膜透析(PD)とは

腹膜透析とは、体の腹膜を利用して透析を行う方法です。

Peritoneal(腹膜)を使ったDialysis(透析)を略してPDと呼ばれています。

PDでは、毎日透析を行うので腎臓の働きに近い安定した透析療法です。患者さん自身が実施できるので、在宅治療として普及しています。

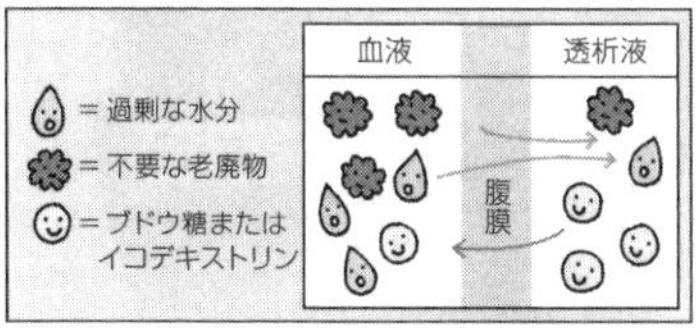
= 過剰な水分
= 不要な老廃物
= ブドウ糖または
イコデキストリン
血液
透析液
腹膜

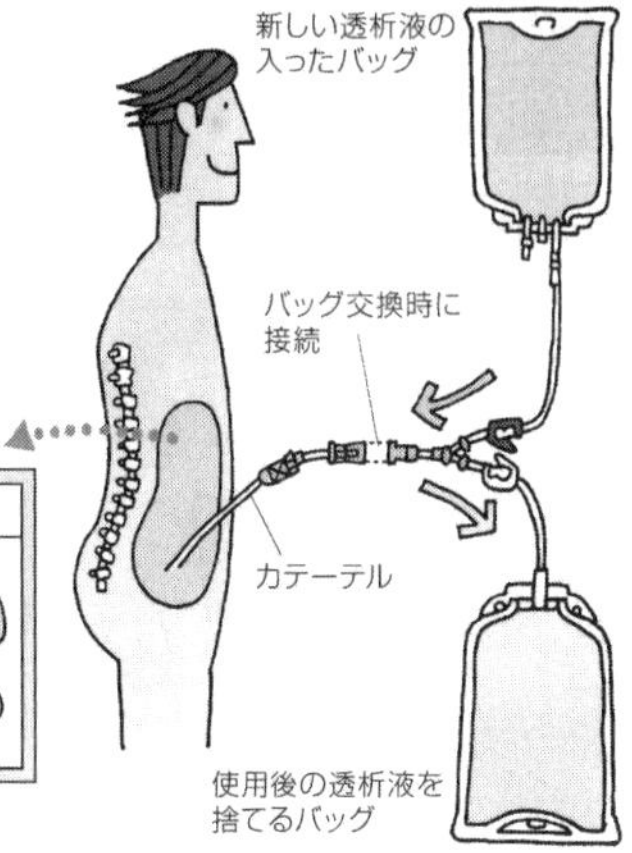
新しい透析液の
入ったバッグ
バッグ交換時に
接続
カテーテル
使用後の透析液を
捨てるバッグ

腹膜透析(PD)のしくみ

●老廃物(体の毒素)の除去

腹腔内(おなかの中)に、透析液を注入して、4〜8時間程度ためておくと、体に不要な老廃物が、血液から腹膜を介して、透析液側に出てきます。その液を体の外に排液することで、老廃物が除去されます。

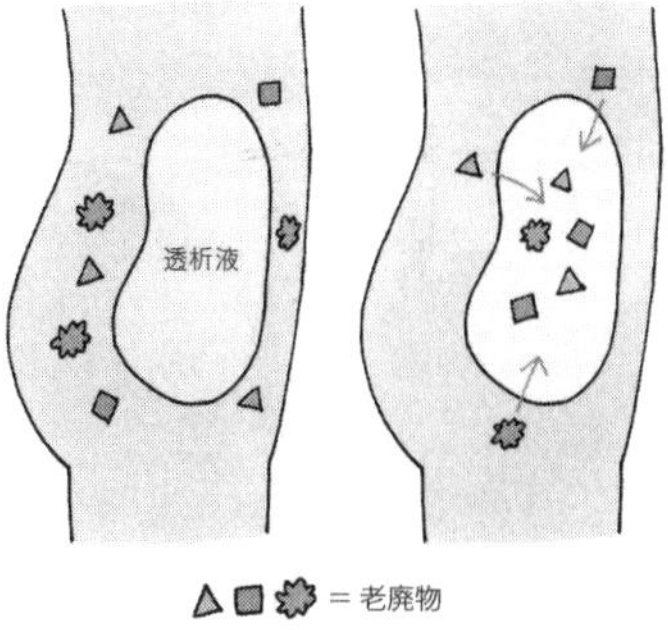
透析液
= 老廃物

バクスターのパンフレット「PD腹膜透析を始めるあなたへ」より

にこの商品を勧めることが出来ますか?」と聞いていることを思いだし、この娘さんの「親には腹膜透析を受けさせたい」という熱意にかけたところもある。

もう一点は、腹膜透析は血液透析とは違って、透析自体を自分の身体の中で行うというところだ。それが自然ではないかと思うところがあり、腹膜透析を選択したのである。

第二章　いよいよ腹膜透析を開始

カテーテル手術

　腹膜透析を行うことを決断し、令和元年8月5日に入院し、あれこれ検査を受けてきた。「これなら手術をうけていただけます」と言われ、超大型の台風10号が西日本を襲うという、8月15日早朝8時30分より手術と決まった。

　前日には、執刀医・麻酔医・腎臓内科の担当医が集まり、最終の確認が行われた。手術位置と手順とを、私のはだけた腹と下腹部にマーキングしていった。

　当日6時以降は水も飲めず、8時20分に、手術着に着替え看護師に連れられて手術フロアーへ向かい、手術用ライトが設置された中央のベッドに上向きで寝かされた。ひんやり

した温度管理は手術着には寒く感じる。

まず、麻酔担当者が左手の手首あたりを調べて点滴用の静脈を探し、点滴の準備を進める。麻酔の点滴が入り始め、いよいよ手術が始まるなとぼんやり考えていると「岸田さん終わりましたよ！」の声とともに正気に戻った。さすが全身麻酔である、一瞬で手術が終わったように感じる。覚醒室で目が覚めると手術に立ち会った方々に囲まれており、腹膜に透析液を注入していると言われる。自分の身体ながら自分の知らないうちに、と考えていると頭もスッキリしてきた。さっき入った所なのにと思いつつ柱の時計を見ると12時20分になろうとしている。4時間が経っていた。

その後関係者はいなくなり、看護師が1人付いているのみとなった。尿意を催したので「トイレに行きたいのだけど」と看護師に聞いてみた。すると「尿道に管が入っているのでそのまま垂れ流しても大丈夫」と軽くあしらわれる。

尿を我慢していると体が震え、その震えが波のように打ち寄せてくる。「身体が震えるのだけど」と訴えると「それはシバリングと言って、麻酔から覚める時に下がった体温を上げるための自然な身体の反応で起こるものですよ！」と平気な顔。

その後、ベッドのまま看護師4人に引っ張られ、個室病室へ入る。身体には痛み止めの点滴や各種検査機器、トイレ用チューブなどがつながれている。

手術の開口部分は小さいとは言え、動いたら傷口が開くのではという心配と、色々なチューブやコードを踏んではいけないという気がして、その夜はうとうとしては目が覚め、朦朧とした状態で朝を迎えた。何回も心配そうに来る看護師は「適当に寝返り打っていいですよ！」とは言うが、こちらは手術の跡が開くのではという思いで簡単には寝返りが打てない。

朝になると昨夜の震えも収まり、じっとしていればどこにも痛みは感じない。ためしに寝返りを打つと、「ここ切ったのね」と、傷口が主張する。

看護師にお願いしてトイレに行かせてもらった。最初にベッドから立ち上がった時は傷口がズキンと痛む。トイレからの帰りは大丈夫だった。

立会いの女医さんが痛みどうですかと聞いてくれた。過保護にするよりできるだけ早く元の生活のような行動を取ってもらった方が痛みは早くなくなるとのことだった。

透析液での洗浄

手術翌日の10時から、腎臓内科の担当医師はじめ研修医、手術に立ち会った何人かの方も同席の上で、新たに設置された腹膜からのカテーテルを使って、腹膜の洗浄を試みることになっていた。

ただ、洗浄に使う透析液バッグが、テスト用のものがなかったので、急遽取り寄せることになり、10時の初回はその日の午後に延期された。

そして14時30分、午前中のメンバーに加え、透析資材納入業者からも担当者が立ち会うことになった。

まず手洗いと速乾性の手指消毒剤で両手を丹念に洗浄する。

腹腔は基本的には無菌状態なのでそこからカテーテルを出して透析液を出し入れすることのリスクを、医師らから懇々と説明を受ける。腹膜透析を勧める相手がこのリスクを真剣に捉えることができるかどうかを見極めて慎重に進めているのも、腹膜透析が一気に広がらない理由の一つだということだ。腹膜透析は透析液交換を自分で続けて行く治療なので、管理がずさんだと菌が入り、瞬く間に腹膜が汚染されてしまう。そのために腹膜透析を中止して血液透析に変更する患者さんもいるという。

腹膜につながれたカテーテルは、チタニウムアダプターを介して接続チューブ（以下「お腹のチューブ」と言う）につながり、その先にツインバッグ（後述）をつなぐ。ツイン

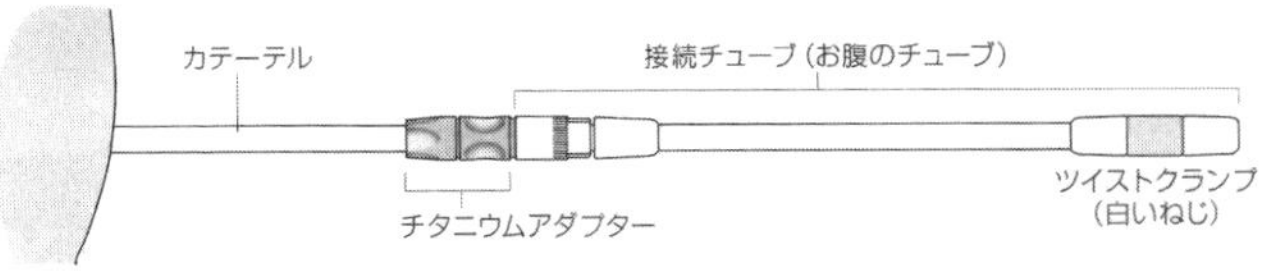

バクスターのパンフレット「PD腹膜透析を始めるあなたへ」より

バッグは二股に分かれており、一方には2液性の透析液バッグ（2液は混合せず隔壁で仕切られている）、もう一方には空の排液バッグを接続するようになっている。まず透析液を腹膜に入れ、透析終了後排液を排液バッグに出す仕組みである。これをツインバッグシステムと言う（次頁の図を参照）。

加温器より、1時間温められた透析液バッグを取り出す。透析液バッグは使用する際に2液を混合するようになっている。

ツインバッグに不良の部分がないかを確認し、安全性が確認できたので2液の隔壁を押し破って2液を混合させ、上下のバッグを交互に押しながら混合を進める。

混合終了後ツインバッグとお腹のチューブを接続する。このタイミングが一番重要で、腹膜につながったカテーテルの先端からの汚染がないように、マスクをし手を消毒して、ツインバッグの接続部（ルアーコネクター）の保護キャップを取ると同時にお腹のチューブ先端のミニキャップを取り、一瞬で接続を完結させる。それらは今後自分

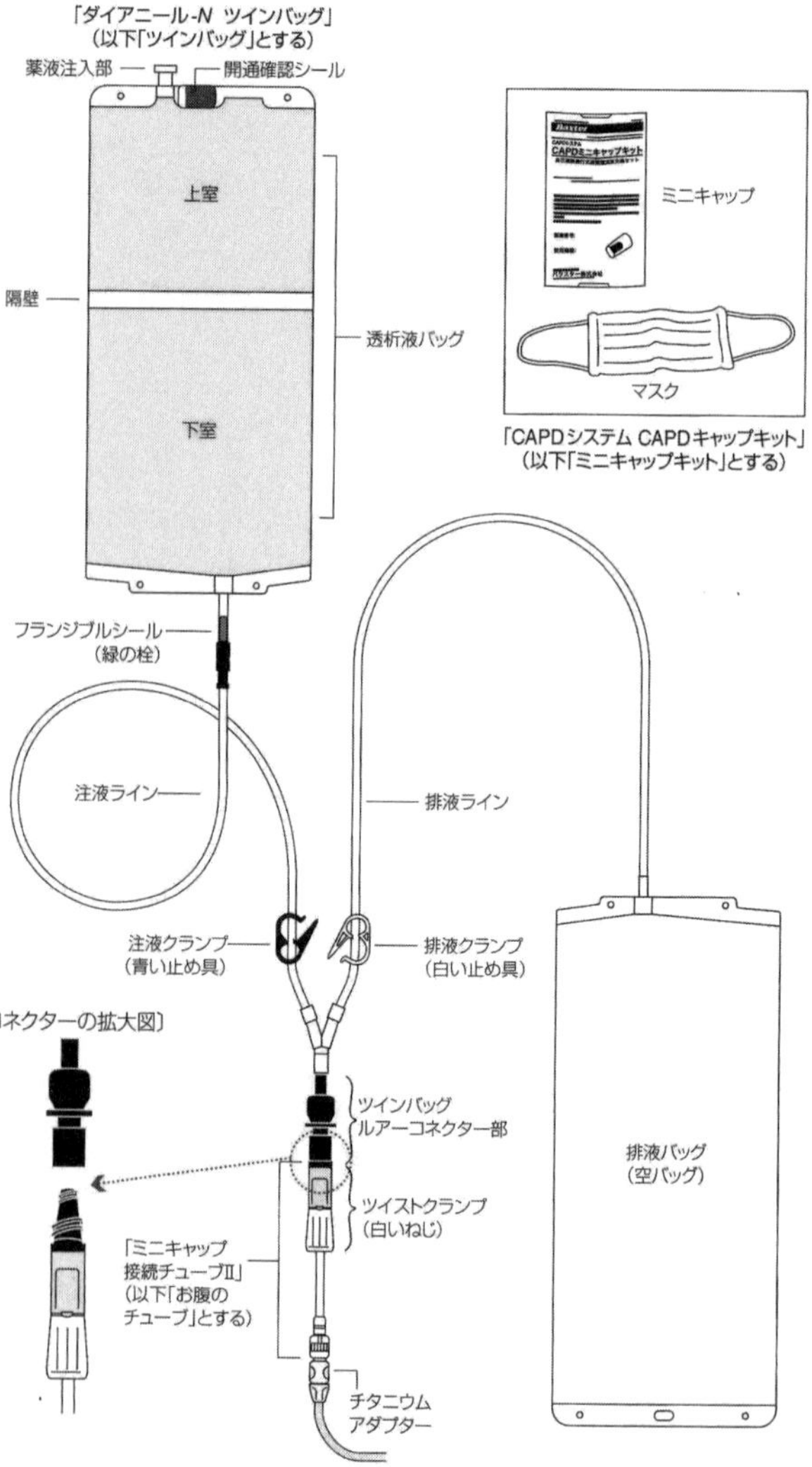
「ダイアニール-N ツインバッグ」
（以下「ツインバッグ」とする）
薬液注入部
開通確認シール
上室
隔壁
透析液バッグ
下室
フランジブルシール
（緑の栓）
注液ライン
排液ライン
注液クランプ
（青い止め具）
排液クランプ
（白い止め具）
〔コネクターの拡大図〕
ツインバッグ
ルアーコネクター部
ツイストクランプ
（白いねじ）
「ミニキャップ
接続チューブII」
（以下「お腹の
チューブ」とする）
チタニウム
アダプター
排液バッグ
（空バッグ）
ミニキャップ
マスク
「CAPDシステム CAPDキャップキット」
（以下「ミニキャップキット」とする）

CAPDツインバックシステムの名称
バクスターのパンフレット「ツインバッグシステムご使用の手引き」より

で行うことになるので、その作業ができているかどうか、今回は看護師立会いのもとに確認が行われ、ＯＫがでて初めて次の工程に進むことができるのだ。

現状では腹膜には何も入っていないので、透析液５００㎖の注入後すぐに排液。注入時間、排液時間の確認と明記、手術後の異常がないか排液のくもりや色を確認する。

こうやって、３日間は日に2回、５００㎖の透析液を入れてすぐ出すということを繰り返した。

透析液の畜液

8月19日術後4日目、朝10時から初めて畜液を開始した。16時の排液まで6時間の腹膜透析が開始されることになる。透析液は５００㎖。まずは腹膜の慣らし運転のため、そんなに負担も感じず順調に収まった。量が少ないためか透析効果が表れるわけでもなく、日常に変わりはない。

なお、今回のように自身で透析液を腹膜に注入し、6時間程度で排液し、透析液交換を繰り返すシステムをＣＡＰＤと言う。

腹膜の中には膀胱の裏くらいまでのチューブが通っており先が多孔性の透析液の給排水

を行う部分がある。注入時はなんの痛みもないが、吸い出す時に肛門辺りが絞られる様な変な感触に襲われる。その話をすると付き添いの看護師さんが「腹膜透析の患者さん皆さんそう言われます」とのこと。そんなものかと納得する。

５００mℓを数日続け、１０００mℓに増量する。８月27日より１５００mℓを注入。１０００mℓの初日は、下腹が張った感じがしたが、慣れれば違和感はなくなった。

１０００mℓの初日にＣＲＰ*の値が大きくなったとのことから、すぐ排液して分析に回して頂いたこともあった。傷口をチェック、尿検査など透析を続けながら万全の医療チームで管理していただいている。

30日より最終量の２０００mℓの透析液の注入を始

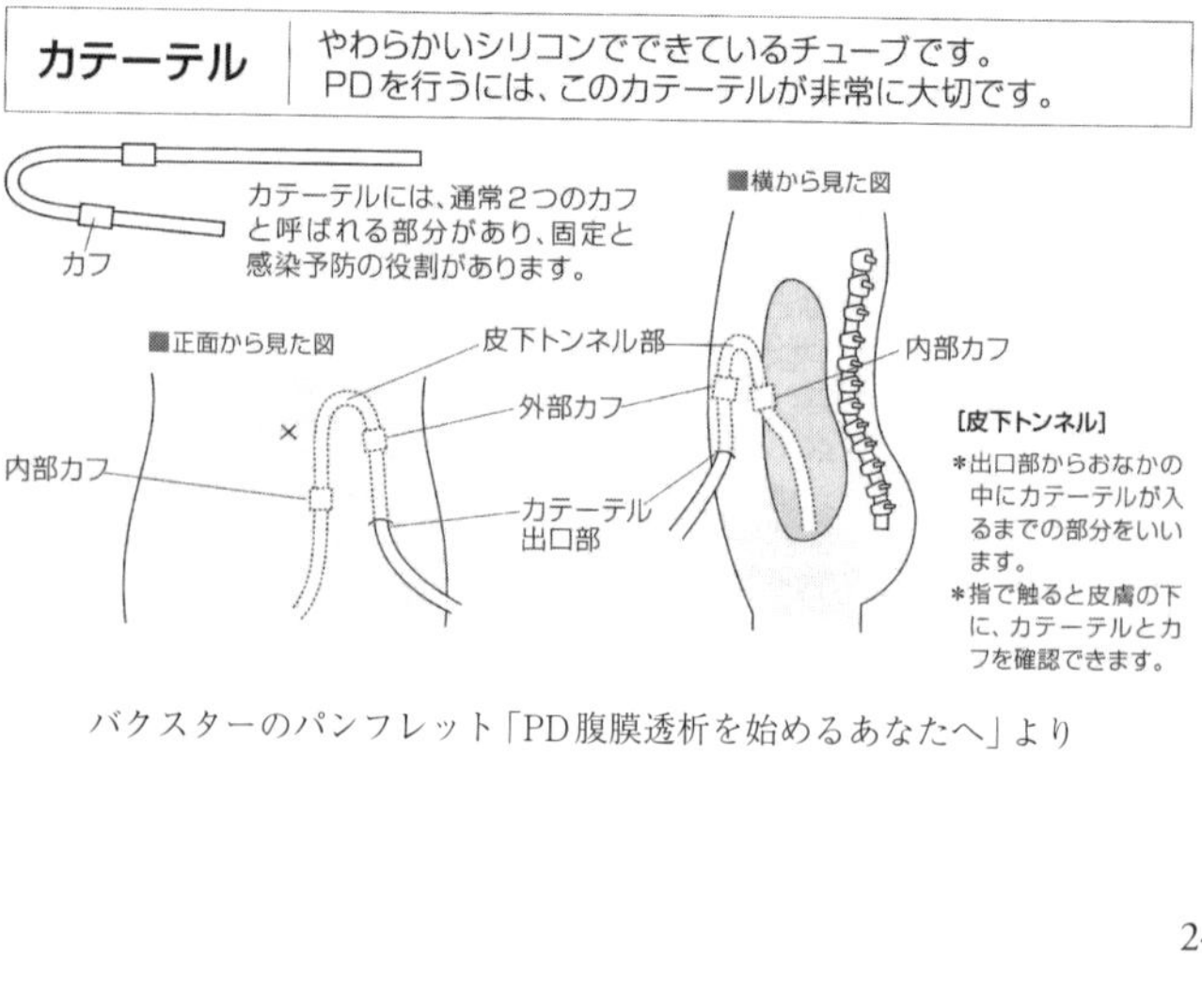

カテーテル
やわらかいシリコンでできているチューブです。
PDを行うには、このカテーテルが非常に大切です。
カフ
カテーテルには、通常２つのカフと呼ばれる部分があり、固定と感染予防の役割があります。
■横から見た図
■正面から見た図
皮下トンネル部
内部カフ
外部カフ
内部カフ
カテーテル出口部
[皮下トンネル]
＊出口部からおなかの中にカテーテルが入るまでの部分をいいます。
＊指で触ると皮膚の下に、カテーテルとカフを確認できます。

バクスターのパンフレット「PD腹膜透析を始めるあなたへ」より

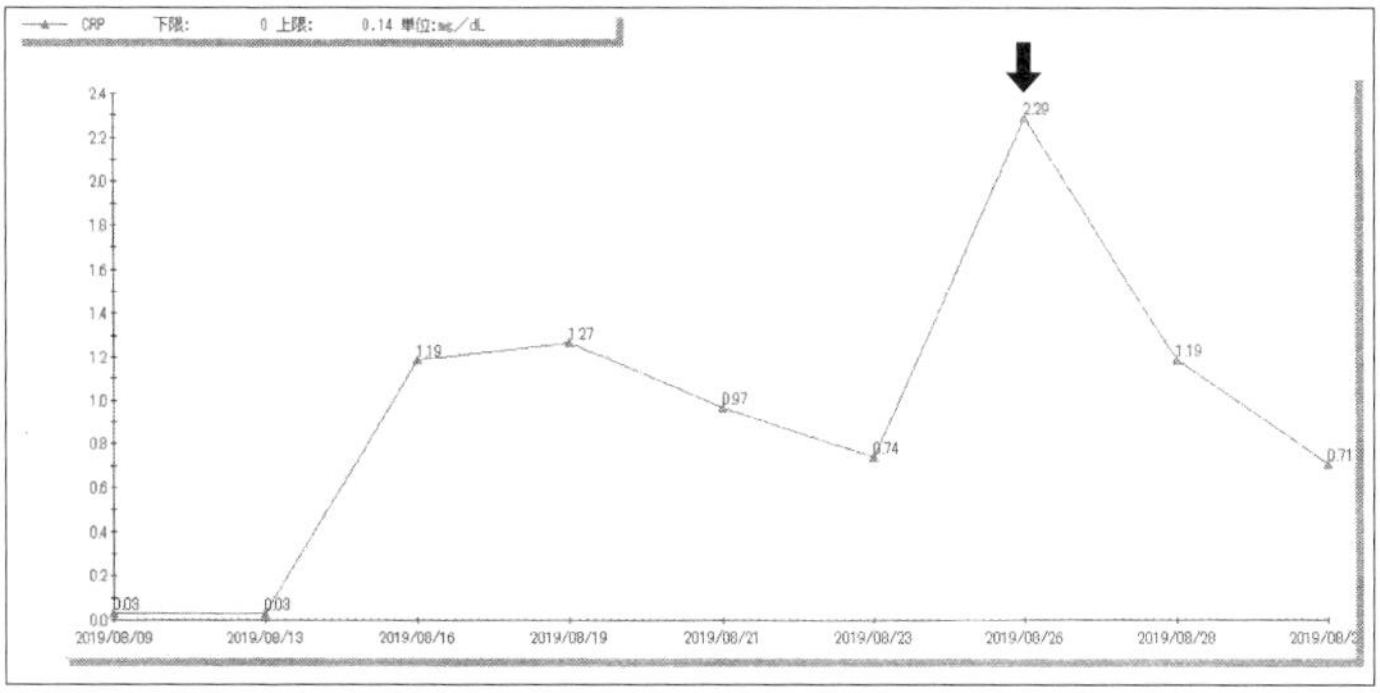

手術前後のCRPの推移（8月26日に急上昇〔矢印部分〕）

めた。これまでの排液を見ていると１５００㎖でも多く思うので、２０００㎖は結構腹に応えるのではと心配して、10時に注入後、午前中は大人しく横になっていた。しかし、思ったほど張った感じもなく順調に腹膜が慣れていっているように思う。

＊ＣＲＰとは「Ｃ反応性蛋白」のことで、体の中で炎症が起きているときに血液中で上昇するタンパク質。術後の炎症の有無を検査するための数値。

第三章

自動腹膜透析装置（APD）を使用

CAPDとAPD

ここで、腹膜透析の二つのシステムについて説明しておこう。

腹膜透析には2種類ある。CAPDとAPDだ。

CAPD（Continuous Ambulatory Peritoneal Dialysis）とは、日中に数回透析液を交換して透析液を貯めたまま生活を続ける方法である。

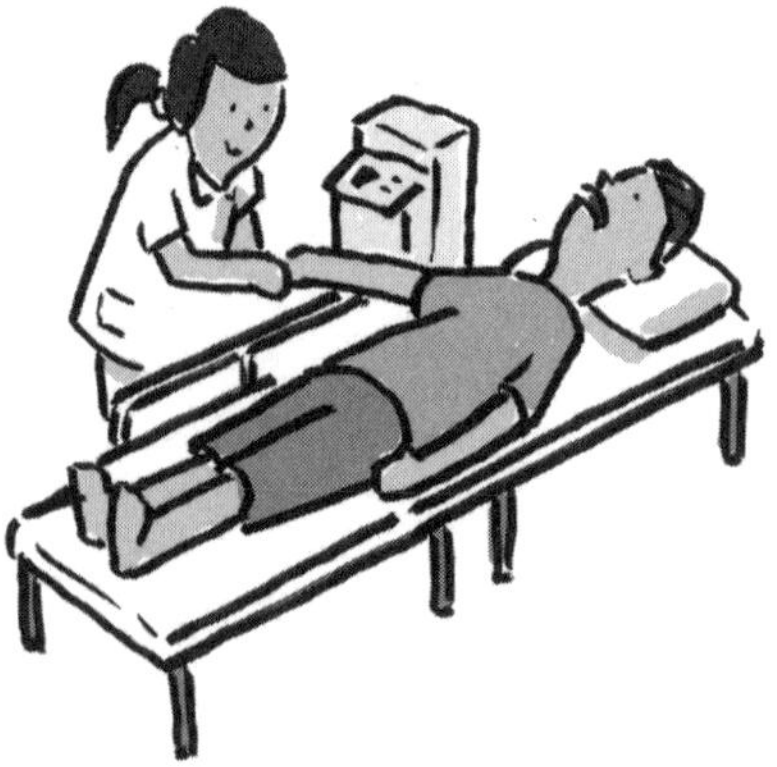

この作業のためには、透析液のツインバッグの在庫を常時生活環境の中に備蓄する必要がある。先にも触れたように、カテーテルの先端の接続部と透析液のバッグをつなぐたびに、腹膜汚染の危険に晒される。埃の立たない環境、家飼いの動物が入らない環境など、

CAPDとは

1日数回の透析液の交換を行います。この透析液の交換をバッグ交換と呼び、1回の交換におおよそ30分程度の時間を要します。朝、昼、夕方、就寝前など、生活のリズムに合わせ、ご自身・ご家族で透析液の交換を行う方法です。

●治療場所：自宅・職場など
●液交換のタイミング：1回約30分、1日数回

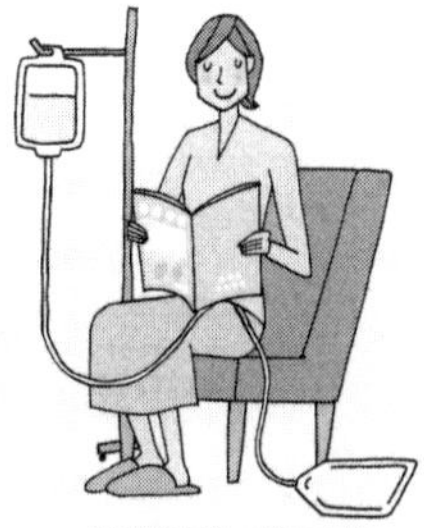

1日数回バッグを交換

透析液交換
(バッグ交換)
起床6時
昼
夕方
就寝22時
透析液交換中はテレビを見たり、本を読んだり、リラックスタイム。
自宅や職場でバッグの交換をする以外は普段と変わりなく過ごせます。

バクスターのパンフレット「PD腹膜透析を始めるあなたへ」より

衛生面の環境整備が必要になってくる。

また、透析液を注入する際には体温に近い温度にして腹膜に入れる必要がある。外気温が低い場合は特に注意が必要である。湯煎したり熱源で温めたりすることもできるが、携帯用の小ぶりの加温器が売られている。基本的には1時間前から加温する。

6時間の目安は、午前6時、12時、18時、22時くらいのタイミングで行うことが望ましい。

携帯用加温器

もう一つが、ＡＰＤ（Automated Perito-neal Dialysis：自動腹膜透析装置）である。就寝中（8～10時間）に機械を使用して自動的に腹膜透析を行う方法だ。昼間の透析液交換はないので、これまで通り仕事ができる。

私自身ＣＡＰＤを実際にやってみて、遠方の出張がなければなんとか両立できるが、出張は無理だと考えていたのでＡＰＤを是非やりたいと考えていた。そのようななかでＡＰＤを勧められたのは願ってもないことであった。全国的には私と同じメーカー製のＡＰＤを導入している腹膜透析者は６０００人と言われており、信頼性の高い機器なので使って行きたいと考えている。

ＡＰＤを始めるためには、２０００㎖の透析液を腹膜に出し入れするので、透析液２０００㎖を準備のために腹膜に慣らせておかなければならない。8月31日も朝から２０００㎖を注入し、9月2日の夜からＡＰＤを導入する。はたしてＡＰＤが期待通り仕事継続の手段となり得るのか、実証して行きたい。

APDとは

Automated Peritoneal Dialysis:自動腹膜灌流（透析）装置（サイクラー）の略で、就寝中に機械を使用して自動的に透析を行う方法です。昼間、比較的自由に過ごせるので、導入前に近い生活を送ることができます。

●治療場所：自宅、宿泊先
●液交換のタイミング：就寝中（8〜10時間）

就寝中に液を交換

治療終了・取り外し
起床6時
機械の準備・治療開始
就寝22時
就寝中に自動的に透析

昼間はこれまでと同じように過ごせます。
仕事も普段通りできます。

バクスターのパンフレット「PD腹膜透析を始めるあなたへ」より

いよいよAPD

9月2日14時30分、腹膜透析機器メーカーの担当者が来られ、腎臓内科の担当医、見学の看護師さん数名の見学するなか、新しいAPDの機器を開封する。

APDでの治療は、夜22時に始めて、8時間後の朝6時に完了する。透析液2袋10000㎖を準備し、1袋を機器の保温トレイにセッティングする。残りの5000㎖も機器につ

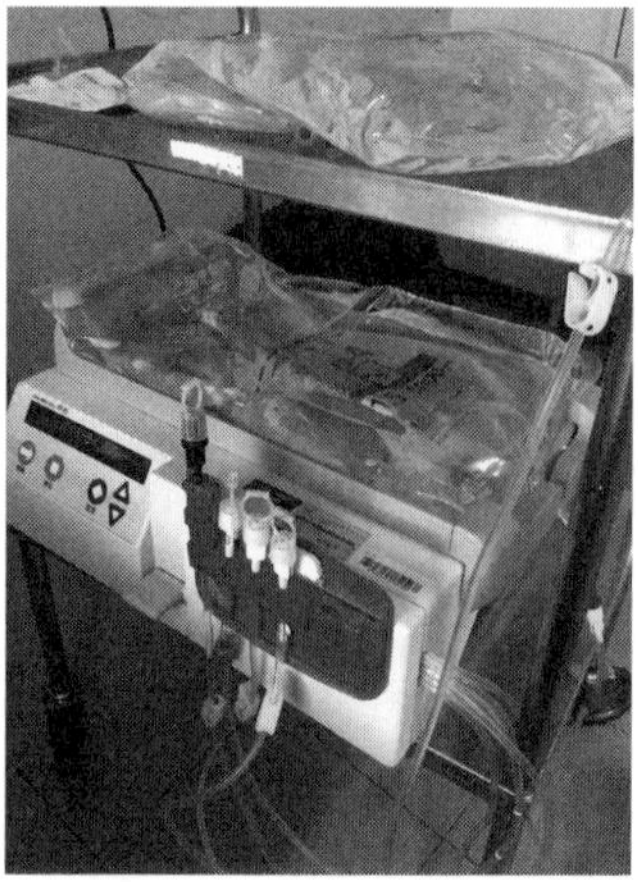

APD装置

など。担当医が計画してくれた治療メニューを初期設定する。私の場合、最初は注入液なしの状態、総注液量7000㎖、1回の注液量2000㎖、透析液はタイダール、8時間掛けて4回の入れ替えをすることになる。開始直前までの設定をメーカー担当者の指示のもと入力し終える。

夜22時前、看護師立ち会いのなかAPDを稼働すべく治療開始の作業に入る。

①まず機器側のチューブ・コネクターラインのクランプ（止め具）を閉じる。

②手洗い、消毒を済ませマスクをして口鼻を覆う。

③コネクターラインと接続チューブ（お腹から出ているチューブ）をつなぐ。

④コネクターラインのクランプを開け、お腹のチューブのツイストクランプを開ける。

これで自動腹膜透析機と私の腹膜がつながった。なんだかドキドキするが、腹膜透析患者の6000人くらいの人が常時使っていると言われているAPD治療の仲間入りをさせてもらったわけだ。

看護師は「何回か見にきますし、ナースセンターでも異常ベルの音は聞こえますので駆けつけます」と言い残し退室。寝返りを打ったらカテーテルから外れないだろうか？　とか、寝ていての排液はどんな感じだろうか？　と気にしているとなかなか寝付けそうもない。

アラームが鳴り響き跳び起きる。表示部で確認をすると「排液不良」の文字。看護師さんも飛んできてくれた。コールセンターで説明書を確認いただくと、そこにはベッドの高さをもう少しあげてみること、まっすぐ上向で寝てみること、との指示がある。初めてのアラームなので、停止ボタンを押すべきかどうか迷っている間に「注液中」の表示に変わったので一安心した。

トイレまではつながったままでは行けないので、尿瓶を2つベッド横にホールドしてもらう。

注液のときは全く違和感がないが、排液の最後になると膀胱の裏辺りに不快な痛みのような違和感を感じる。これはＣＡＰＤをおこなっていた時から排液最終段階に肛門近くから違和感があったのと同じだ。ＣＡＰＤでは立った状態で排液するので、排液の最終段階では透析液は全て下に溜まっていたが、ＡＰＤでは寝た状態であり、最終段階では吸い取り口のところに液が溜まっているわけではないので、より違和感が大きいような気がした。試しは病院にいるときにと考え、3回目の排液の最終段階に痛みが始まったのでベッドの上で座ってみた。思ったように違和感は少ない。しかし、これくらいのことをＡＰＤ患者さんが皆感じているなら、慣れるのだろうかと思う。

透析液の注入から始まって透析時間は痛みもなく寝られそうだが、排液の最終段階では決まって目が覚めた。早朝6時過ぎ、違和感を感じつつ「治療終了」の表示が出た。あれこれ悩んだが最終段階に到達少し達成感を感じた。

看護師も来てくれて治療の終了過程に入る。結果確認は3項目である。

排液の状況を目視でチェックし異常の無い事を確認した。機器に装着したカセットとチューブ及びバッグ等を棄てる。排液は看護師の方に処分をお願いした。

翌日、メーカーの担当者が来られ、再度14時30分より透析準備のためのＡＰＤの設定を看護師の見ているなかで行った。メニュー設定は昨日終えているので、透析バッグとカセットのセッティングを手順書に沿って実践する。「治療開始は、今夜22時に新たな看護師と共に実践してください。ほぼできると確信しましたので頑張って下さい」とのこと。

ＡＰＤの導入はこの病院でも少なく、経験のない看護師がほとんどなので、皆熱心に勉強しようとしており、見学の看護師も多い。ＡＰＤ患者の反応に興味があり積極的に状況を聞いてこられる。次の患者さんのためにも、できるだけ感じたことを言葉にして伝えるようにしたい。

いよいよＡＰＤ透析の始まりである。

退院

９月９日に退院することになった。10時までに部屋を出るようにとの連絡を受けている。朝６時15分に病院での最終の透析治療を終えた。看護師が20分に病室に来られ、治療終了の確認後、治療結果の確認をさせてもらう。

排液の透明度、不純物のチェックを行い問題なしと判断。透析液バック、カセット及びチューブ類の処分を看護師がしてくれる。最終の体温・血圧チェック、恒例の体重測定を行い、部屋に戻ってから片づけ、透析器の梱包などを行い８時に最後の朝食をいただいた。

10時前、看護師の最終点検が終わり部屋の明け渡しが完了。最後に手に巻いたネームバーコードを外してもらう。看護師事務所にて師長はじめお世話になった看護師の皆様にお礼のご挨拶をして皆様に送られながら11階西病棟を後にした。エレベーター前に看護学生の方が追いかけてこられ見送ってくれる。

帰宅、やっぱり家は落ち着く。先日からのAPDで最終排液くらいに目が覚めて寝られなくなるので少し寝不足気味。横になって休憩、自分のうちの寝床は落ち着く。

帰宅後最初のAPD開始

帰ってみると玄関横の4畳半の部屋の半分くらいが透析液で埋まっている。ツインバッグ、キャップの箱、カセットの箱と一応確かめ、すべてそろっていることを確認する（3週間分）。

常時3週間分の透析資材がメーカーから送られる

21時、APDの機械を設置。私は畳の部屋に寝ているので頭のところにAPD、左横にちゃぶ台を置きその上に補液用スタンドにバッグ、右横に排液BOXを置いた。手引きを見つつセッティング開始。病院では看護師がついてくれた

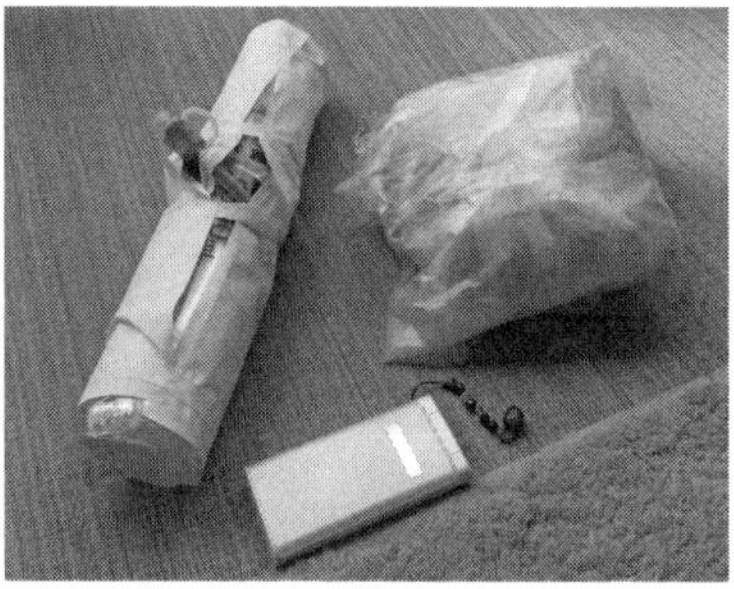

使用後の透析バッグとカセット・チューブ類はゴミ箱へ

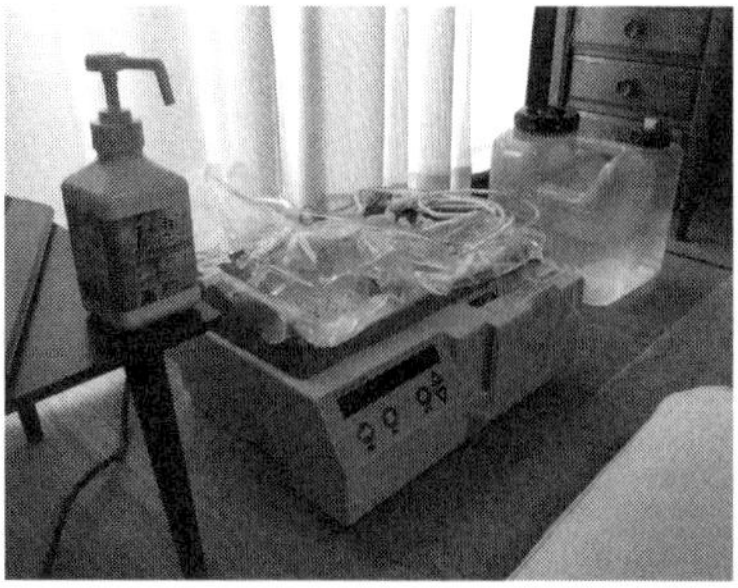

APD装置を設置

が、今日からは一人で孤独に作業が始まる。コネクターラインのクランプを止め一応セッティング完了。ここまでの工程を病院では昼間14時から始めセッティングを終えて夜の22時前に開始作業を行っていたが、家では、シャワーを20時過ぎにあび、カテーテル口の軟膏を塗るなどの処置を済ませ、APDのセッティングに入ると結構時間がかかり大ごとになる。シャワーが夜ならば、APDのセッティングは夕方食事前の方が仕事を分担できて楽な感じがする。

その日の夜中、排液不良でアラームが鳴り布団の上で起き上がり腹腔の透析液を下腹に移動させると機械は順調に動き、痛みも減少する。

そうこうして、何とか記念すべき家庭でのAPD1日目の治療が終了した。

治療結果を明記し片付けに入る。病院で看護師が甲斐

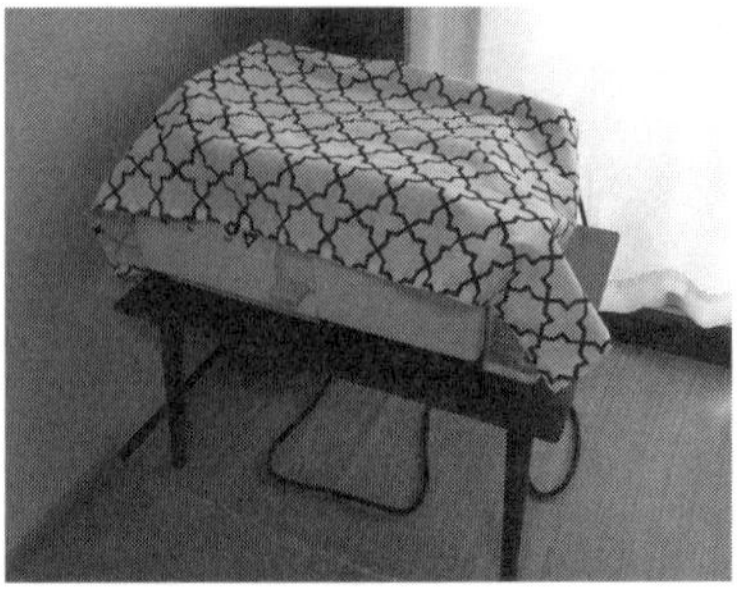

APD装置にはカバー

天日干し

甲斐しくお世話してくれたのが懐かしい。透析バックの残り液をトイレに廃棄、尿瓶の尿（200㎖）をトイレに捨て、排液のチェックをしてトイレに捨てる。透析バックとカセット、チューブ類を紙にくるんでゴミ箱へ。排液BOXと尿瓶を洗い天日干しし、APD装置をちゃぶ台に乗せてカバーを掛ける。以上の工程がまだ不慣れでもあるがスムースに行っても1時間はかかる。これを毎日の日課にしなければならない。今後粛々と同じ動作で進めてゆきたいと考えている。ただ朝一の出張が入った場合、廃棄まではできても洗浄ができないかもしれない。

あと、気になっていることが飲水量と尿量の測定である。どの時点かで、体重・血圧・体温の定期的な測定パターンを作る必要がある。まずはエクセルで用紙製作から始めることにした。

ここまでを平常的に行える生活パターンに落とし込ん

で、一応ＡＰＤ治療を家で行う準備が整ったことになる。しかし慣れない現状では、やることが多過ぎる！　看護師がいてくれたら！　の気持ちがふつふつと湧き上がる。まだボケないうちで良かったな！　もう少し年取ってたら対応が難しかったかもしれない、と安堵する。

私の第一の目的は、ＡＰＤを使って透析前と変わらぬ生活ぶりを仕事仲間に見せてゆくことだ。そのためには、ＡＰＤで必要な医療行動を水面下の作業として何食わぬ顔でこなしてゆかなければならないと考えている。

第四章　APDでの社会生活

初めての日帰り出張

退院後数日経った。夜に部屋の掃除、APDのセッティング、入浴、傷口の処置、APDの治療開始を一連のものとして始めると2~3時間ぶっ通しで透析にかかわることになるので少し気分が滅入ることもあり、夜は入浴、処置して治療に入るくらいにして、セッティングなどはできるだけ昼の時間に回すなど工夫をし、ストレスなく対応できる状況が作れつつある。

セッティングも毎日工夫を追加することで間違いなく短時間で準備、片付けができるようになってきた。ストレスは取り除かないと、APDの永続は難しいだろう。

さて、そんなＡＰＤ生活が始まったばかりだが、いよいよ日帰り出張の日が来た。行先は大阪伊丹空港から大分空港、さらにバスで臼杵の現場まで行く。カテーテル手術で１か月入院している間も進んでいた家具小売店の外観リノベーション工事。指定した塗装色の見本ができているので決定してほしいとの仕事である。作業的には軽度の仕事なので、落ちた体力がどこまで持つものか退院間際に日程を決めた案件である。

伊丹の飛行機が８時05分の出発だったので逆算して前日のＡＰＤスタートを21時30分に決めて入浴もすませる。ＡＰＤはアラームが鳴っても処置時間を厳守してくれるので予定通り５時30分終了、すぐに片づけ、洗顔、髭剃り、着替えで少し余裕をもって６時にタクシーが迎えに来る。空港に６時40分着、少し早く着くようにしたのは、カテーテル手術後初めての航空機の利用のため、持ち物検査のゲートをどのように通れるか不安があったからだ。

搭乗手続きを済ませ地上職員に「腹膜透析のチューブがお腹に入っているのだけど問題ないですか?」と聞いてみたところ「ここでは何とも言えませんのでゲートでお申し出ください」との対応。ゲート前で並びいよいよ担当者の前に来て「私は腹膜透析のチューブがお腹に入っているのだが大丈夫ですか?」と聞くと、逆に「透視機器通って問題ないですか？」と聞かれた。問題ないと答えたら、どうぞと言われすんなりとクリアした。へー簡単だった！　アラームが鳴って大変なことになるかもと考えていたにもかかわらず、問題なし。チタン合金は反応しないのかも、と考えながら搭乗。上空の気圧の変化にも腹腔は何の異常もなく無事大分空港へ。臼杵へのバスが発車まで50分ほどあったので、空港で朝食を取って無事に薬も飲むことができた。高速バスに乗り込み、別府、大分と通り臼杵インターに無事到着。少し腰の痛みはあるものの時間に余裕があってゆっくりと行動できたので疲れはそう感じなかった。

インターに得意先オーナーが車で迎えに来てくれて、現場へ。現場監督が、指定して置いた色見本（壁と同じ素材の１ｍ角の塗装見本）を持ってきてくれたので、外壁の塗り替え位置にそれら3枚のサンプルを置いてもらい、仕上げる色を決めてオーナーに確認を取る。これが本日のメインの仕事なので安堵しながら後の細かい仕上げについて監督と打ち合わせを進めた。

オーナーが「昼行きましょう」と誘っていただき、３人でウナギを食べることになる。ありがたいところだが塩分控えめ、たんぱく控えめカリウム控えめが頭をよぎる。「うな重を頼んでしまうとたれがたっぷりかかって塩分はアウトだな、ご飯の量も半端でないし……」と考え、ウナギの白焼き、白ご飯、肝吸いを頼む。白ご飯は250gはあったので100gだけ食べた。肝吸いはしょっぱかったので3分の1、白焼きには別の小皿でしょうゆとタレとわさびがついてきたので、しっぽあたりを残してわさびでいただく。

病院食からの久しぶりのウナギが胃袋に染み渡ったリハビリ出張になった。オーナーと監督はうな重を食べていたが、この監督も血液透析を始めたという。その日も夜に5時間くらい透析を受けると聞いて、透析話をあてに昼食が進んだ。

オーナーが支払いに立った間に、監督に「うな重辛くないですか?」と聞いたところ、「オーナーに「監督さんさんはうな重でいいですね!」と言われたのでハイと言ってしまいました。いつも昼は、女房の作ってくれる弁当なのです」とのこと。なかなか断り切れない生活の1ページである。

臼杵インターまで送ってもらい空港行きのバスに乗ったあと、どっと疲れて30分くらい爆睡してしまう。目が覚めて残り1時間で空港に18時到着。ゲートでまたどうなるかと心配しながら「お腹のチューブが」と告げると「わかりました」と問題なくチェックイン。18時55分定刻発で伊丹の帰路につけた。ここでも30分ほど爆睡、空港からタクシーに乗って21時前に帰宅。夕食はたんぱく控えめ(昼食べ過ぎ)、入浴、傷処置、APDセッティング、少し休憩して23時スタートで透析治療開始と、あわただしく日帰り出張の第一日目が過ぎていった。

趣味のドラムはちょっと?!

ライブのリハーサルで

翌日、昨日の大分出張の疲れはあまりなく、元気で良かったと思いながら朝の透析終了を迎えた。私は趣味で仲間とバンドを組んでおり、ドラムを担当している。入院中にも看護師さんに10月ライブでバンド出演することをPRしており、8月の入院時は練習が私だけできずに体力も落ちるし、どうなるものかと思いながら過ごしてきた。その練習日が午後にあるのである。13時より練習し、何とか練習は終えて19時に帰宅した。練習後メンバーとお茶していたので、実質3時間の練習だった。

帰宅して夕食を食べる時間になって、肛門あたりに激痛が走った。カテーテルの給水口辺りが痛む。調子に乗ってドラムセットに座っているとと問題ないと思ったが、タイコは両足を使うので、筋肉も脂肪もなくなった尻は圧迫が直接カテーテルに届くのだ。横になって神様に祈りつつ、妄想は頭を駆け巡る。「カテーテルの先端に透析液の無い状態で圧力がかかって腹膜が傷ついたのではないだろうか、それだと今晩のＡＰＤは難しいかもしれない」「ツインバッグがあるので洗浄してみて出血などないか確認する方法はある。潜血反応がなければＡＰＤも可能かもしれない」「どちらにしても透析液を入れてカテーテルを動かした方が良いかもしれない」などいろいろ考えた。その処置も先生に相談する必要があるが土曜の夜では連絡もつかない、など妄想の末、立ち上がると痛みが消えていたので、大丈夫か⁇　と思いながらＡＰＤの準備を進め、22時30分より透析治療をＡＰＤで開始する。朝起きて問題なさそうだし排液もキレイな状態である。良かった、と安堵した。それでもドラムは椅子が固いと問題なので座布団を使ったり、痔患者用のドーナツ型座布団を使用したりが必要か、と考えた。腹膜透析のマイナス点が見つかった。ライブには看護師さんも来てくれるし、無理しないように頑張って練習してみようと思う。

障害者１級に

病院より、「障害者申請の診断書ができたので取りに来てください」との連絡があり、

19日に病院へ向かう。文書課で手続きをし、会計で支払いを済ませ、昼を食べることにした。病院の1Fレストランで月替わり定食を頼む。「五穀米と白ご飯があります。どちらにしますか?」と聞かれたので「白ご飯で100g」と言ってみた！　さすが病院内のレストラン「100gですね、わかりました」と普通に答えてくれた。小皿にパスタがついてきたので残したり、すましを少し残したり、ほぼ完璧に調整がつく定食だった。

入院中に手術前からの闘病日記を書いており、時々看護師さんに見てもらっていた。なかには「次は?」と期待してくれる看護師さんもおり、そんななかで、腹膜透析（PD）患者さんが少ないのは腹膜透析のPRが不足しているからかもしれないので「PD」という本でも出そうかね、と冗談で話したりした。

看護師さんたちも学校で勉強して4~5年経つと、地元の病院に帰ってゆく方も多く、ここでの仕事は社会に出てゆく準備段階のような時期だ。看護師の仕事はチームワークが大事なので、色々な地域から集まった人たちが一緒に看護をするこの時期は、今だから経験できる貴重な時間であり、青春の1ページであると思う。この瞬間を切り取った本があってもこの時期に集まった人たちにとって良い思い出になるのではないかと思うようになった。それなら今流行りのクラウドファンディングで出資を募り、皆に協力してもらい本ができるなら、もっと有意義な本づくりになるのではないかとも考えたのだ。

そのようなこともあったので、「退院の日」や「記念すべき家でのＡＰＤ」「初めての出張」など、退院後も徒然なるままに思いついたことを書き溜めていた。その文書を一応コピーして持ってきていた。「いまさら退院した私のことなど誰も気にしてないのじゃないか？」と思う気持ちもあり躊躇したが、ここまで来ているしと思い、勇気を出して病棟を覗いてみた。ナースステーションには男性看護師の姿が見えたので、恐る恐る声をかけてみた。彼ははじめ気が付かなかったが、私だと気が付いて笑顔で駆け寄ってくれた。ほかの看護師さんも懐かしそうに「大丈夫？」「元気ですか？」と声をかけてくれる。「退院患者さんで顔の見れる方は何か問題がある人ばかりなので元気な人はなかなか病棟には寄ってくれないんですよ！　私たちは元気な人たちにも会いたいのですが」と、うれしい事を言ってくれる。患者側からすると、病棟にいる時間は3～4週間が多く、炎症や病状が好転したら退院ということを繰り返している病棟では、退院するとまた次の新しい患者さんが入ってくるので、「毎回退院する患者さんのことを考えていても務まらないのでは」とか、前の患者のことは退院で一件落着として、新しい患者さんに全力を投入するものだと考えていた。だから、むやみに遊びに来ても「あなた誰？」「何しに来たん？」と言われそうで躊躇していたが、「元気になられた方に会いたかった」と言われ、来ても良かったのかなと安心した。安心したので調子に乗って「退院後の私の記録です。看護された患者さんが家でその後、どのような生活を始めているのか見てください」とコピーを渡した。「これ貴重だわ、皆で読ませてもらいます」と言ってくれたので、一安心である。

「岸田さん、担当された学生さんが帰ってくるのでちょっと待っててくれていいですか？」と言われ、待つこと1分、お昼休憩から戻った学生さんと面会し「私もあと半年で地元に帰ります。いろいろお世話になりました」と挨拶された。彼女は社会経験の10年ある方で、元の仕事場ではなく新たな介護の会社に内定しており、そこで看護師として働くとのことだった。そういった意味で看護学校のある病院での人間関係は多種多彩であり、人間模様が面白く、この時期の記録は看護師さんたちにとっても思い出深い記念になるものだと確信したのである。

透析治療の患者と看護師

透析治療というと、血液透析にしろ、腹膜透析にしても、やり始めると一生関わり続けることになるので透析医との関係は、長いお付き合いになることが想像できる。

大体透析患者は一般的には60代くらいから透析になる人が多く、最期までお付き合いすることが多くなる治療である。

腹膜透析を始めるために1か月余り入院した。腹膜透析ということで入院したので腹膜に透析液を入れるための管を入れる必要があった。カテーテル手術であるこの手術は外科の領域で透析医と話をしながら外科医からも話をいただきその手術に向かって各種身体の状態を検査してゆく。

20年前から腎臓に問題があると腎生検していただいたのはこの病院であり、その後2か月に1度のペースで外来として同じ先生に診てもらっていた。腎機能がどこまでの機能を残しているかを把握して自前の腎臓が処理できない老廃物を薬物で取り除いたり、取り過ぎの要素など腎臓で処理しきれないものは摂取を控えるという、腎臓保全の診療である。

元から腎生検を受けた時点で両腎臓の2/3が機能していないと言われていたので、「投薬治療と言っても15年~20年が限度、そのころには透析をしなければならないと思います」と言われて治療を続けていた。それから19年。想定内の透析移行である。

想定内と言えども、全身麻酔による手術など今まで受けたこともなく、あれよあれよと悩む間もなく検査が終わり手術の当日が来て観念して手術に臨んだわけである。このあたりは、第二章に書いた。

手術を終え、個室での入院生活が始まったわけだが、術後の経過を見つつ、腹膜を使った透析の準備、慣らし運転からＣＡＰＤの手わざ習得や手術後のカテーテルの炎症予防のための処置など、いろいろな作業をこなす日時が過ぎていった。日々術後の体調管理をしながら腹膜透析と向かい合う生活が続くのだが、その間を寄り添って面倒を見てくれるのが看護師の方々だ。若い看護師はてきぱきと行動し、退院した後も患者が一人で入浴後、透析機器の使用や緊急時の対応などの行動ができるようになるまでを、短期間のうちにやさしく、時には厳しく指導してくれる。この入院期間に、看護師におんぶにだっこの支援に甘えてしまうと、退院後やることがわからなかったり、家族の世話になって大変な状況を招く。短時間だが、ここは自分で何もかも処理できるように気を入れて習得する必要がある。

この病院には看護学校が付属しているので、病室従事してくれるのはほぼ若い看護師になる。日勤、夜勤含めて私についてくれた看護師もシフト制で交代してゆくので10人くらいの顔なじみが日々面倒を見てくれる。看護学校卒業後、病院に何年か奉公することで授業料が免除になるのか、10人の出身が見事に全国各地域に広がり、面白いくらい地方の出身者が多かったのには驚いた。大阪出身の2名を除き、大分、長崎、岡山、島根、徳島、兵庫と西日本が多かったのだが広きに渡る。私は、仕事上出張が多くこれまでに仕事で全国全県歩いてきたので、細かい地名を聞いてゆくと怪訝な顔をするのだが、「そこは知っている。行ったことがあるところです。」と言えば急に親しみもわき、地元の話に花が咲いた。卒業後4〜5年たった人たちが多かったので、そろそろ地元に帰って地元の病院で勤めることになる、というようなことを言っていた。彼女たちは学校卒業後、最初の職場が学校のある病院なので心強く、一人前の看護師として育っていくその初々しい間の貴重な時間、全国から集まった看護師たちがチームを組んで面倒を見てくれる。年寄りの疾患者には若くて元気があり、まだまだ覚える意欲もあり爽やかなメンバーがいるだけで元気がもらえるのだ。彼女たちに支援してもらえたことは、本当に良い時間を過ごさせてもらったご褒美時間であった。

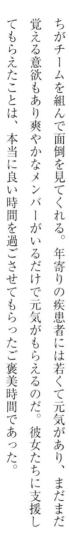

日帰り出張パート2

9月18日、岡山へ退院後2回目の日帰り出張にでかける。先方に10時から17時までいる仕事だ。この仕事先は入院前から仕事が始まっている店で、今回が2回目のコンサルティングになる。

岡山駅まで専務が迎えに来てくれ本店へむかう。本店の売り場づくりを前回より進めておられたので、その後の経過を見せていただいた。

ここの配送の横田さんという方がこまめにレイアウトをし、私が指示したようにしっかりと仕事をしてくれていた。満点まではいかないまでも良い感じの仕上がりになっている。優秀だ。

前回手直しできていなかったところをアドバイスし、その後本店をあとにしてバイパス店に移動する。店の状況を聞き、簡単に現状で改善できる通路計画をその場で引き、商品を何とかはめ込んでもらった。ここでも横田氏が来てくれたので、後々のことは彼に指示を出し終了である。次回は10月にこの通路計画に乗っ取って、商品セッティングの実地アドバイスをする予定だ。

出張先では「何があってひげを剃られたんですか?」と聞かれながらも、透析が始まったことを話さず、全く気が付かれないままに17時に終え、専務に駅まで送ってもらい新幹線で帰宅した。

19時30分に自宅帰着。夕飯を食べ、透析機器をセッティングし、入浴して23時に透析を開始した。さすがに疲れていたので、排液の影響もなく寝られるだろうと思っていたのだが、疲れすぎたのか何回も目が覚める。1回目の排液、2回目の排液、3回目の畜液時期、3回目の排液と起きっぱなしだ。寝がえりもよく打ったのか、排液不良や色々アラームが鳴っていた。病み上がりを意識してもう少しゆっくりと仕事復帰をしなければいけないと反省である。

翌朝の排液はきれいなもので問題はないようだ。もう少し体力がつけば透析前と同じ生活ができるのではないかという思いと自信がつきつつある。

初めての外来

9月24日、退院後2週間が経って初めての外来診療。10時30分の約束で、病院には9時40分くらいに着いたが、採血場所に行ってびっくりする。待合の椅子は一杯、立待客も10

人や20人はいる模様だ。受付に「今日はどうしたのですか？　多いですね？」と聞くと「連休の休み明けはいつもこうなのですよ」と言う。60人待ちである。

血液検査が終わらないと何も始まらないので待つこと50分、10時30分に採血。それから血液分析で外来診察は1時間後だ。今日は患者が多いため12時くらいの診察になる。

呼び出しがかかり診察室に入る。「どうですか？　慣れましたか？」と担当医。

食事を少し取り過ぎなのか、病院食の時と比べると、リンの数値が5倍、カリウムも5．9であり、限界値だと言われる。透析を始めるまでは、塩分・カリウム制限（生野菜を湯がいて湯がき汁を捨てるなどの下ごしらえ、味噌汁の汁やラーメンのスープは飲まない、など）を徹底して行ってきた。透析手術後の退院前に食事指導を受けたのだが、透析が始まるとこれまでほど極端な下ごしらえはせず、湯がくのを湯どうしや水に漬けるなど調理方法を緩和して食事をしていた結果、入院時と比較してカリウムとリンの数値が限界値に近くまで跳ね上がった。「この数値は問題ですので吸着剤の追加をしますが、食事療法も元の状態に戻してみてもらえますか？」と指示された。

「10月に入って泊りの出張に出たいのですが、透析液の入れ方はどのようにすればよいですか？」と相談させていただいた。出張は7・8・9日の3日間である。透析液の交換

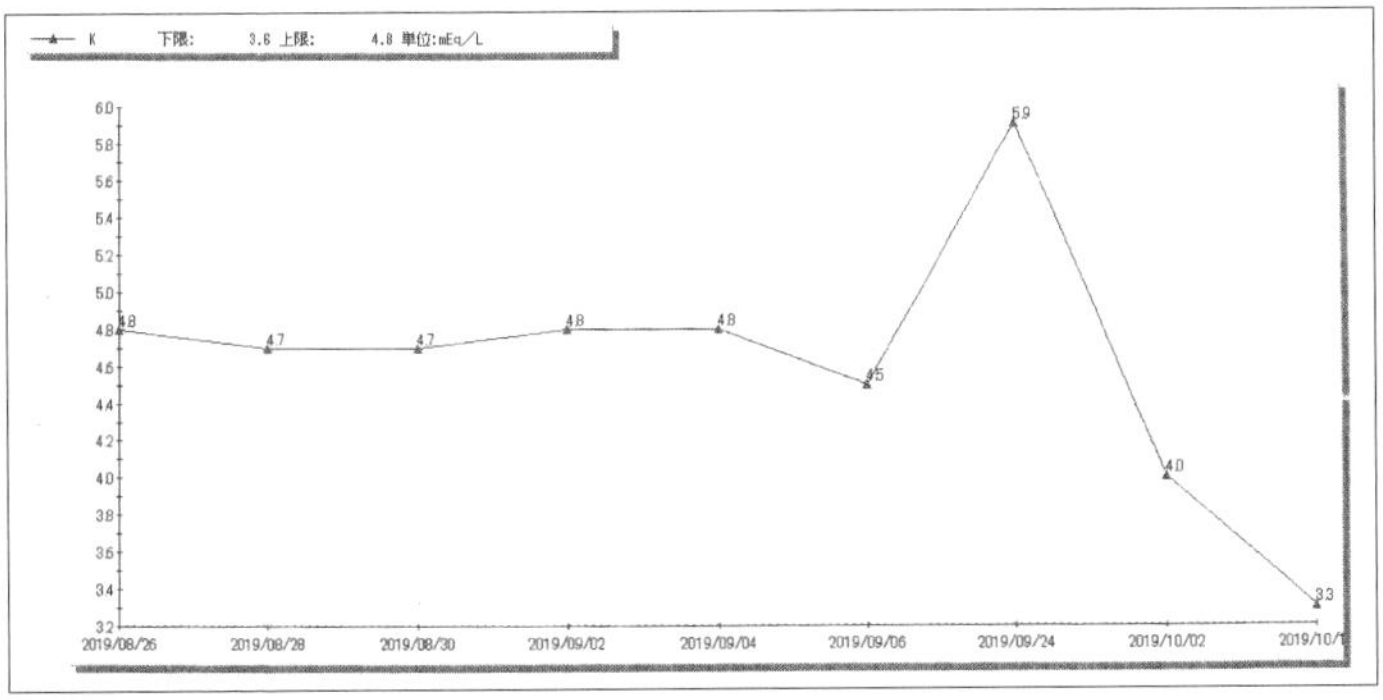

カリウム数値の推移

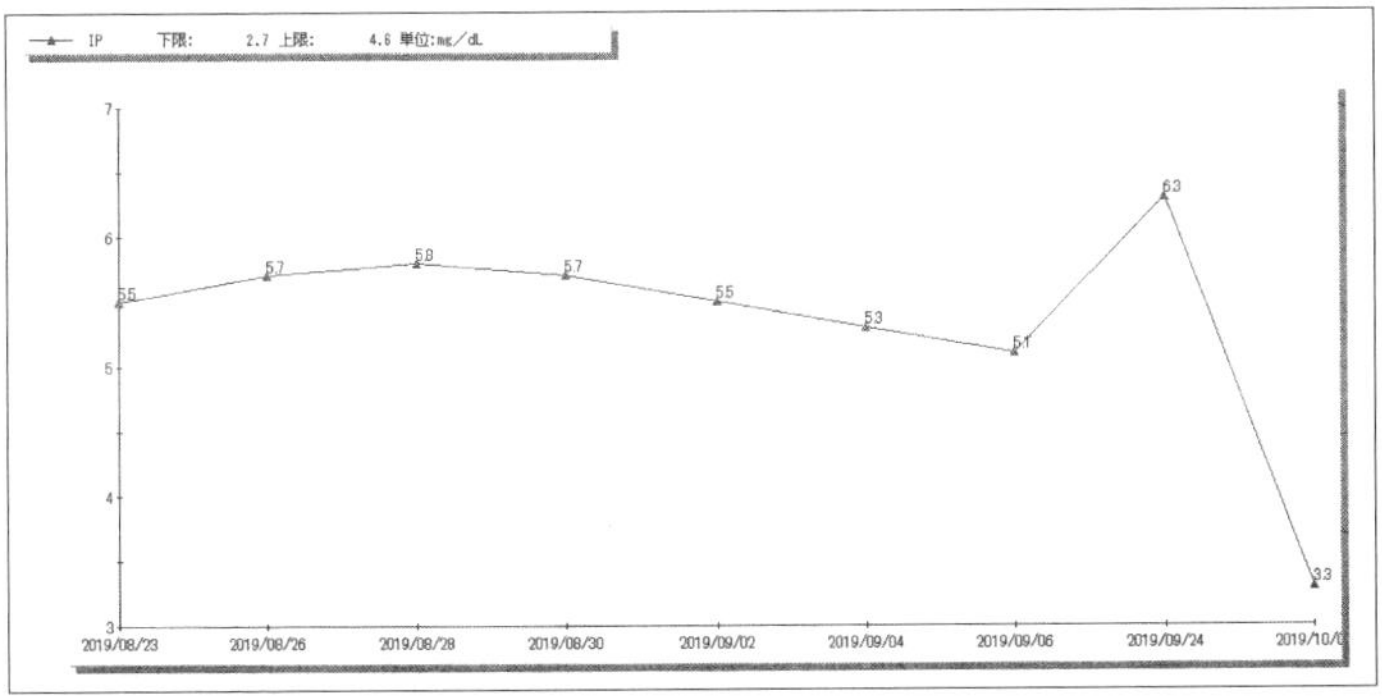

リン数値の推移

は6時間置きで昼間か夜に集中できるかと思ったが、担当医によると、ツインバッグは容量が1500㎖と少ないので、6時間入っていても1日4回の交換が必要とのことだった。結局、7日は朝6時までAPD治療、7日の夜18時にツインバッグで1500㎖透析液を入れて0時に交換、8日の朝6時に交換、12時に交換、18時に排液。翌朝9日、6時に1500㎖を入れて12時に交換、帰宅の飛行機の都合に合わせて早めに排液、帰宅して22時よりAPDという段取りになった。透析液の交換はホテルで行うことがほとんどで、昼12時の交換は展示会会場の近くにある得意先の部屋を借りて行うことの約束を取り付けた。

まずは、リンとカリウム値を下げる必要がある。出張明けに外来を予定していたが、担当医から「心配なので出張前に来てもらえませんか?」と言われ、出張前と後に外来を予定する。

退院1か月でライブコンサートに出演

10月6日。今日は、趣味のバンド発表会の日である。昼12時にホールに集合。練習とリハーサルを終え、18時より開演だ。入院中私だけ練習できていないので、退院後皆で合わせること1回で本番というスケジュールだ。さすがにこれではカッコつかんと思い、家の近くの貸しスタジオで2日続けて2時間くらいずつ個人練習した。私のパートはドラムだが、40日の入院は足腰を弱体化させ、思うようにテンポキープもままならない。本番前の練習で何とか遅れた時間を取り戻し本番に臨んだ。

翌日から出張が入っており、朝6時のタクシー予約から逆算して今晩21時には透析を始める予定にしていたので、ステージ終了後すぐ帰宅。20時に最寄りの駅に着いたものの、便意を催しトイレに駆け込む。先日の外来で、上がったリンとカリウムを下げるために薬が増量されている。特にリンを吸着させる薬は、便秘になるから注意してくださいと言われていた薬物だ。それがここにきて大変な便秘状態である。実はライブ前もトイレに座っていたが反応なく、ここまで戻ってきて駅のトイレに1時間。透析の時間がなくなるので気が気ではない。

帰って家に着いてもトイレである。この時点でAPDをあきらめて夜の0時にツインバッグシステムで透析注入することに決める。便秘の方は浣腸を打って事なきを得、すぐに入浴してツインバッグで1500㎖の透析液を注入した。

そばで見ていた女房殿が「病み上がりで体調管理しないといけない身で出張前に遊びに行くなんて何考えてるの！」とすごい剣幕。ライブステージをこなしてきたことなど言っていないので、何とも反論のしようがない。

第五章　トラブルを乗り越えて

泊りがけの出張へ

ライブコンサートの翌日10月7日早朝、ツインバッグを湯煎して排液・注液を済ませ、5分後にタクシーが到着、空港へ向かう。ついつい健常時の予定の組み方をしてしまうことを反省。

出張先の福岡県大川市では、2泊3日の産地展示会、展示会準備のメーカー数社のレイアウトアドバイスを行っているので、広い会場を歩き回るという過度の運動量が要求される。今回退院後泊りの出張は初めての経験なので、無事こなせるのかということと、健常時にこなしてきたのと同じ業務を腹膜透析をしながら可能か、という課題に挑戦したわけである。最終目的地の駅にほど近いところのホテルを

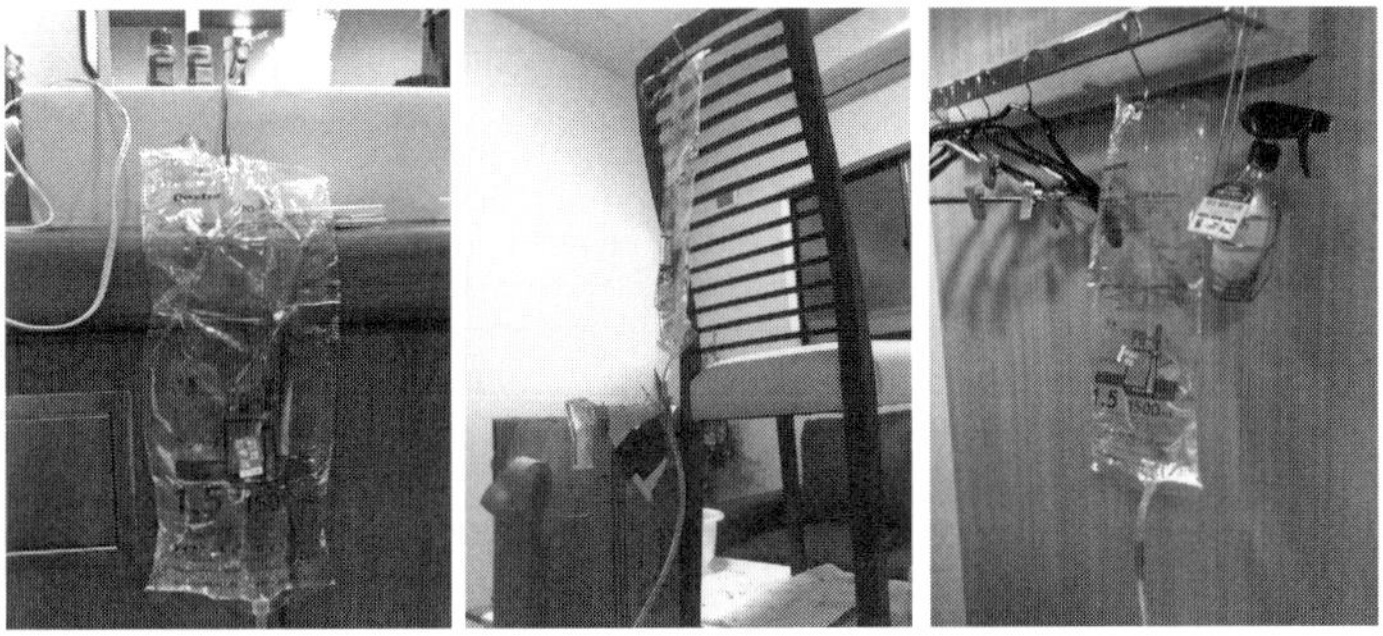

出張先でのCAPD

取ったので、前もって送り付けたツインバッグが到着しているか確認し、出張荷物と一緒に部屋に入れておいてもらうようお願いし、メーカーさんの車でメーカーショールームへ。午前中の仕事を終えて、依頼しておいた別の得意先まで送ってもらう。ここではツインバッグによる透析液の入れ替えを3日間昼12時前後に処置するための場所と湯煎の材料を提供してもらう。透析液の入れ替えを済ませ、展示会場近くにあるうどん屋で昼食をとり、昼一番から4社のレイアウトアドバイスを実施した。最後の商社の社長にホテルまで送ってもらい、18時に透析液の入れ替えを済ませる。メーカーの社長と地元のデザイナーにホテルまで来てもらい、隣の炉端焼きで会食。

この会食も今回の課題の一つである。病院食では腎臓食＋カリウム制限食を40日食べていたが、宴会になると味が濃いものを多く食べてしまう。これを何とかしなければならない。まず、退院して日が経たないので食事制限されていることを、メンバーに話した。たんぱく・カリウム・リンなどの制限があるので、私のことは頭数に入れず2人の好きなものを食べてほしい、私は少しおすそ分けをもらうから、と宣言して宴会が始まる。ハイボールを頼む。あては、だし巻き卵一切れ、焼き鳥1本、生野菜は避けて、太刀魚の刺身少々など久しぶりの宴会料理を楽しみながら3時間の宴会タイムは終了した。ホテルに帰り風呂に入り、カテーテル口の処置を済ませ、ツインバッグを温めて透析液の入れ替えを行い就寝。

退院後APDに頼っていたが、泊りの出張をCAPDで乗り切るため、ホテルと協力会社にツインバッグを前もって送付して対応することができた。前日のトラブルで家からツインバッグを始めることになったが、久しぶりのツインバッグに若干戸惑うこともあり、家から始めて結果的に良かったと思う。2泊3日の間に1500㎖の透析液を4回入れて6時間休み再度4回入れて昼の12時に排液して何も入れずに帰宅した。23時よりAPDを始め、翌朝7時に終了。

その日の午後に腎臓内科外来に向かう。小泉先生に言われていた1500㎖の透析液を6時間ごとに4回注液することを曲がりなりにもこなせたのと、食事は生野菜やたんぱく質の取り過ぎに注意した結果、血液検査ではリン・カリウムともに変化なく、うまくコントロールできた。ただ、水分が異常に溜まっており、先生は食事での塩分の取りすぎや水分の取りすぎではないかと言われた。考えてみると、台風の影響での湿度と温度の上がり方が半端なく、会場では搬入時点で空調を使っていないなか、水分の取り過ぎはあったと思う。

透析前と同じ動きで仕事をしているので、この仕事量や水分補給に対してどのような反応があるかを検査結果から分析することで、CAPDでの仕事への影響がわかってくるものと思われる。6時間置きの透析液交換はAPDのことを思うと頻度が多いし、少しの日程でも大量のツインバッグを手配する必要があるので、大変な事前手配ではあるが、どこども「透析しますので」と協力をお願いすると快く引き受けてくれたことに感謝である。初めての出張先でのCAPDだったので、時間厳守や衛生環境の確保を考えすぎるとなかなか厄介ではあるが、やる気になればやれるものである。

宿泊先が火事

実は出張2泊目の夜、0時くらいにホテルの部屋で透析するつもりで、22時くらいから

付近は一時騒然となった

ベッドで休んでいたのだが、23時くらいに火災警報が鳴り響いた。どうせ誤作動で5分もしたら間違いのアナウンスが流れるだろうと考えていたのだが鳴りやまない。

ドアを開けてびっくり、廊下は白い煙で1メートル先も見えない。ガスの異臭に気づき、すぐに部屋に戻りドアを閉めた。本当の火事だ。ホテルがすべて燃えるとは思えなかったのでタオルを濡らし、携帯電話をもって非常口を確認して、煙の中をタオルで口と鼻を覆いながら中腰になって進んだ。幸いにも5メートルくらい前に非常階段があり、ホテルの社員が誘導していたので、その階段から下へ脱出して事なきを得た。

翌日わかったのだが、火元は私の部屋の2軒隣、泊り客の放火によるものであった。その夜は消防と警察の捜査が入り、同じフロアーに宿泊していた人間は細かく事情聴取を取られ、最終的に部屋を代わって2時に就寝した。0時くらいに透析予定だったので、ホテル側に折衝し、消防立ち合いのもと透析液とキャップなどを部屋から運び出させてもらった。バタバタのなか透析液を温めてもらったり、適当な部屋がなく風呂場を貸し切ってそこで透析させてもらったりした。退院後初めての宿泊出張に、よりにもよって2軒隣から出火騒ぎである。しかし、透析しなければ、と言うとホテル側も警察も消防も最優先で協力してくれた。またまた感謝である。

そんなハプニングがあったことを外来で報告した。「岸田さん、そんな緊急時は、どうしても時間厳守ということはありません。いろいろな環境問題も出てきますので、どうしても透析液の入れ替えを優先するのではなく、環境が整ってから清潔環境のなかで交換を行ってください。腹膜の衛生管理を第一優先で行ってください」と言われ、なるほどと思った。思い返すと危ない環境もあったので、雑菌を吸収していなければよいが、と反省した。

透析液は不透明袋でパッケージされており、時間がなく直接熱湯につけて短時間で湯煎したのだが、これについてもビニールの袋に透析液の袋を入れて湯煎するようにと意見された。

出張前に透析機器メーカー担当者から、ツインバッグで出張するならS管を持っていくと良いとアドバイスを聞いており、持って行って重宝した。

病院では、排液の時間と量を測定し、注液時間を測ったりしていたが、出張先には計りもストップウォッチもないので、排液は最終段階の身体の変化、液の出方を目視で確認し終了を決める。注液に関しても、大体この高さにあげた場合はこれくらいの時間で注液できていた、という病院での記憶を頼りに注液完了を決定した。それでツインバッグの排液チェックも無事クリアーしたが、このような状況で排液に問題があった場合、近くの病院を紹介していただいたり担当医師に連絡したりと、大変なことが起こることも想定しなければならないのだろうと考えつつ、一見落着した。

後で知ったことだが、透析機器メーカーのカスタマーサービス（いつも透析液の在庫状況を電話で確認して、担当医師に次のオーダーを予定してもらっている。患者ごとに担当者が決まっている）の担当者に、出張先が分かれば前もって話しておくと、出張先近辺の関連病院に連絡して、緊急の場合は対応してくれるサービスがあることを知った。

なお、その後の放火魔の行方だが、警察の捜査の結果、市内で見つかり捕まったそうだ。火事は煙が怖いと言うが、実際に体験して煙の怖さがよくわかった出来事であった。

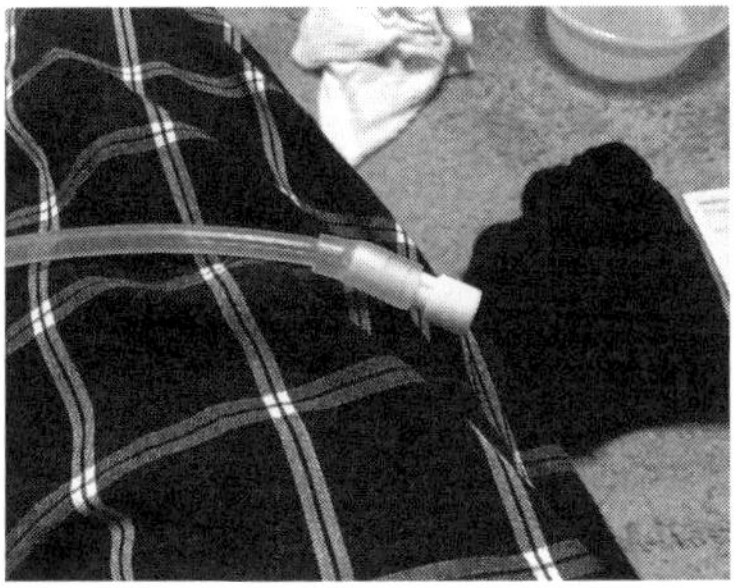
外れた接続チューブ（お腹のチューブ）の先

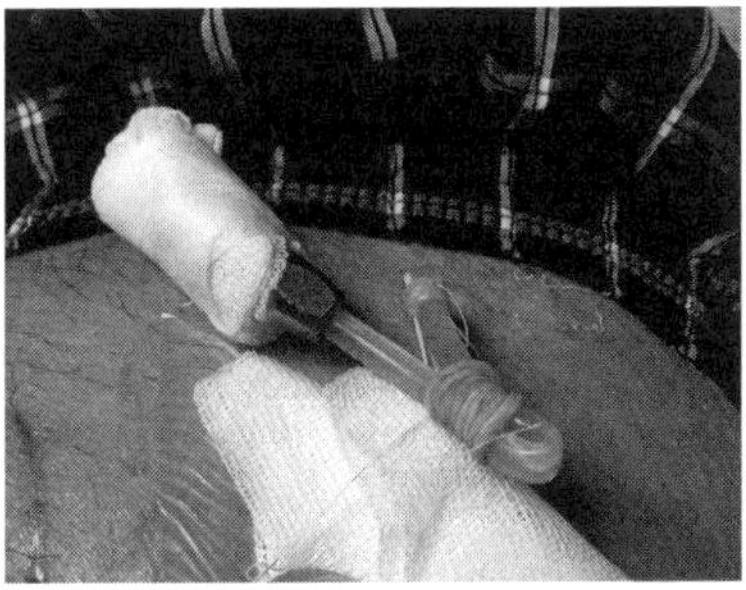
カテーテル先端

トラブル発生

10月15日の夜20時にAPDのセットを終えて、夜半23時にAPD治療を開始した。就寝していたのだが、1時30分1回目の排液時点でアラームが鳴り起された。メガネがなかったので計器盤の文字は確認できなかったが、排液不良かと思い布団の中で起き上がり様子を見た。

尿意を催したので、置いている尿瓶を取って膝をついて放尿を始めた。するとなぜかパジャマのズボンが濡れてゆく。尿瓶が漏れているのかと思ったが違っていた。カテーテルのチタニウムアダプターと接続チューブ（お腹のチューブ）の接手が外れて、排液がパジャマを濡らしていたのだ。どうしようと思ったが、排液はすべて出すべきだろうと判断し、洗面器に腹腔の排液を受けた。

排液の時は感染菌は入りにくいと先日聞いていたので、

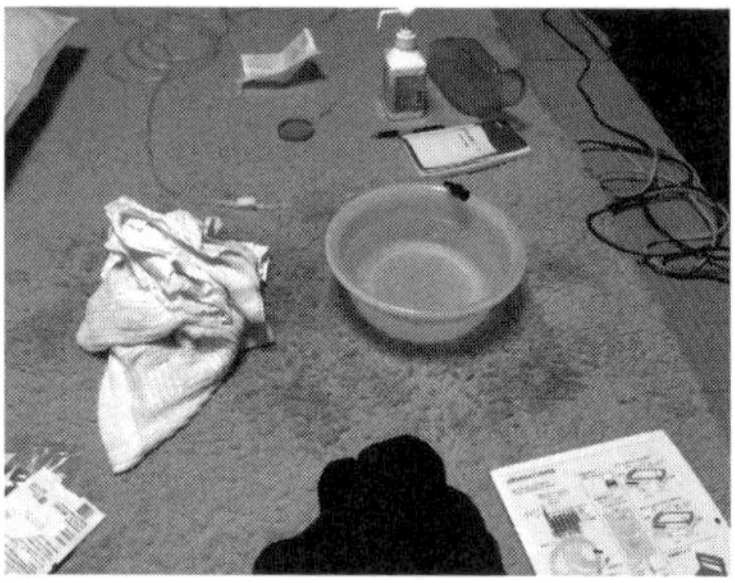

洗面器に排液を受ける

出きった状況で輪ゴムで2か所括り、カテーテルの先端を滅菌ガーゼで覆ってテープで止めた。そこら中排液だらけである。一息ついてメーカーのコールセンターに連絡し、状況を説明するが、医療的な対処は病院に連絡してほしいとのことである。すぐ病院へ連絡、当直医の方が出てこられたので状況を説明した。すぐに腎臓内科の医師に連絡を取ってみるので待ってくださいとのこと。救急車で入院して、夜勤看護師が何らかの対処をしてくれるものと考え、入院の用意をしてカバンに詰め込む。その間30分。先ほどの当直医の方から連絡が入る。腎臓内科の医師に連絡がつかず、私も専門外なのでどうしたら良いかわからない、とのこと。抜けたカテーテルの処置について質問したところ、ガーゼは意味がないので、その上からサランラップを巻き付けて対処してもらった方が良いと思う、とのアドバイスがあり、そのようにする。

応急処置としてはできていると思うので、あす9時に病院が開いたら来てほしいとのこと。私としては、「対処はしたものの絶対雑菌は入っているだろうから、ここで入院せず朝まで待つ間に腹腔に感染したら、誰がどう責任を取るのだろうか?」と思いながらも、そのまま寝て翌朝一番で入院の準備をして病院へ行った。APDはコールセンターの方が、いったん止めてスイッチを落とせば問題はないとのことだったので、そのようにした。

9時30分、担当医が対応してくれた。状況を説明すると、「岸田さん、ちゃんと対処してくれたようですが、すぐに入院してください。できますか?」とのこと。翌日は岡山への出張予定があった。出張に行けるかどうかの質問に対しては、「考えてみますが、このカテーテルのチタニウムアダプターをすぐ取り寄せて、着き次第交換しますので、今日の夕方の処置になると思います。すぐ入院の手続きに入ってください」と言われる。

レントゲン、血液検査、心電図、入院手続きが終わり、先月まで入院していた病棟にベッドが確保された。看護師たちは見慣れた顔ぶれで、懐かしそうに暖かく迎えてくれた。担当医によると、血液検査から見ると感染症の反応はないという。ひとまず安心である。16時に接続チューブの取り換えを行った。まず、2000㎖の透析液で洗浄。注液してすぐに排液。続いて1500㎖の透析液で洗浄を終え、2000㎖の透析液を注液した。洗浄で出た排液を培養に回す。担当医が「明日ですが出張は無理です。安全を見てあと3回くらいの血液検査の結果を見て、抗生剤入りの透析液を注液します」と少し大げさになってきた。

それ以来、毎日朝には血液検査をし、その間CAPDで透析を続けながら排液を培養などしていただいた。その結果も問題なく、最終的には「岸田さんの緊急時の対応は理にかなっており、感染症のリスクを完璧にクリアーできておりました。3泊して19日の午前中に退院していただいて結構です」という許可をいただき安心した。

腹膜透析を始めてから、出張先で火事にあったり、抜けないはずのチューブが抜けたり、いろいろなことが起こり過ぎである。腹膜透析をして普通に仕事ができる、という本を書こうと考えているところに、実害なくネタが一気に起こっているので「その本是非お書きなさい」と、神様がネタを提供してくれているのだろうか?

APDで下痢

19日に退院して家でのAPDに戻ったのだが、入院中に担当医師から「リンの数値も下がり過ぎくらい下がったので、薬を1錠減らします」と言われた。先述したように、リンを吸着する薬は便秘になるので、便秘薬を増量してもらっていたが、1錠になると今度は軟便になり始めた。夜に女房殿に、「便秘に効く食物繊維のプルプルゼリー食べる?」と言われて食べた。翌朝、最終の排液が始まる前に便意を催した。APDでつながれの身である自分は、トイレまで行けず、尿なら尿瓶で対処できるが、便は大変である。

先日の外来で、メーカーの営業の方から、APDのチューブを自動でつなぐ新しい機器の操作を習ったのだが、そのとき担当者が「この装置では、APDの治療中に1回だけ、機器を外してトイレに行くことができるのです」と、どうだと言わんばかりに話されていたのを思い出す。APDをしていても毎回尿意を3~4回感じ、尿瓶で取っていたので、その説明を聞いた時には、ただの1回だけなら意味ないな、と思っていたのだが、今回のように軟便や下痢に見舞われた場合のことを考えると、この1回の透析機器から解放される対処は、尿意というより便意に対応したものだと感心した。

毎日のAPD

毎日毎晩APDを行うことにも相当慣れてきた。チューブを身体で踏みつけてはという心配も徐々に薄れ、寝られるようになってきたように思う。それでも朝まで熟睡というわけにはいかない。「排液量不良」の表示とともにアラームで起こされる。大体、排液最終段階になって排液が出たりでなかったりすると鳴るようだ。腹腔に通したカテーテルの吸水部分は膀胱の近くにあるので、寝ていると起こる現象である。ベッドの上で座るだけで下腹部に透析液が集まるので排液が始まる。アラームが止まらないときは、停止ボタンを押してアラームを止めてから開始ボタンを押す。

初回排液時も、透析液が残っていたりする場合にアラームが出るので、この時も寝ているより座っている方が排液はしやすくなる。机の前に座ったままで排液が終わり注液に変わったまま机のところで座っていると、ＡＰＤ機器の配置によっては、注液する腹腔の位置が高すぎて装置のパワーでは送りこめず、「バッグライン確認」などアラームが鳴ることになる。その場合すぐに横になると注液が始まる。

現状、５０００㎖の透析液バッグ２個を用意して装置につないでいるが、お腹のチューブとその２つの透析液バッグの間には、透析液をヒーターバッグに回し温め、指定した量ごとを注液し、排液をコントロールするための、チューブが沢山ついたカセットがある。これを毎回ＡＰＤ機器にセットして治療を行う（終わったら廃棄）。このＡＰＤ機器の心臓部分であるカセットが気温の低下に伴って硬直することで、液の送り出しができないことがある。２度ほど同じアラームで治療が進まなくなったので、コールセンターに問い合わせたところ、この心臓部分が低温で硬直しているのが原因とのことで、ヒーターバッグの上で30分ばかり温め再度リセットしてカセットを入れてスタートすると順調に動き始めた。それからは、装置のセッティングをする前に、ホットカーペットなどの上にカセットを置いて温めるようにしている。

ヒーターバッグとバッグライン（カセットについているチューブ）をつなぐ時は両方のキャップを取ってねじ込んで固定する。補液用バッグとバッグラインも同様にキャップを取ってねじ込む。このバッグラインの口が汚染されないように、短時間でマスクをして接続を行うことになる。透析液のセッティングが完了するとゆめセットのコネクターラインと言われる特別のチューブがお腹のチューブと直接接続する。一番汚染してはいけないチューブの接続である。これは、CAPDの接続を行うときに一番看護師から厳しく注意された接続である。お腹のチューブは直接無菌の腹腔につながっており、この先端に空気中の細菌が触れ続けていても感染の可能性があるので、短時間に息を止めてつなぐくらい大事なポイントだ。

透析患者が増えるのは65歳くらいからであり、人にもよるがうまく指先が動かなかったり、機敏に作業ができなかったり、緊張感が持てなかったりなど、このコネクターライン

後片づけも慣れてきた

APDの場合チューブ類と透析液バッグがつながっているのでチューブを先にまとめてしまうと残り液の廃棄が楽になる。

からの汚染が一番のリスクになっている。私は、指先の手品を2～3できるのだが、このコネクターチューブとお腹のチューブを接続するときは、まさに大衆の前で手品をするような気持ちだ。一瞬でスムースに的確にジョイントを行う。その緊張感は全く手品の如くである（笑）。治療を終えた朝の時間でツイストクランプを外して新しいキャップをはめ込むときも、この緊張感が必要である。

その後は、バッグとバッグラインを外し、キャップを戻す。ヒーターバッグで透析液が残っている場合は、はさみを入れてトイレに流し、2枚のバッグをできるだけ小さくなるようにたたんで巻き込み、ガムテープで止める。カセットはチューブをまとめて透析液の不透明の包装ビニールで巻き込んでテープで止める。使ったキャップとバックを最小限にまとめ、透析液の梱包材で完全に包んで、何もたさない何もひかない、あった材料で全てを梱包して廃棄ごみの形にする。毎日のことなので、これが一番効率が良いように思う。

朝の後始末で思うことは、透析機器で使うチューブやキャップがゴミとしてたくさん出ることである。私は、付いていたキャップ類は機器から取り外した後再度元へ戻すことと、薬剤を梱包していたフィルムを使ってできるだけ廃棄物を処理するようにしている。最初は新聞紙を使ったり、キャップをため込んだりしていたが、毎日のことなので廃棄処分に使う梱包材も馬鹿にならず、今は片付けに使うテープだけは梱包用として新たに使うが、その他はあったもので梱包するようにしている。

チューブの接続が機械仕掛けに

手術した時から、「感染症リスクを軽減する機械があるので、その導入を今考えています」と担当医からは聞いていたのだが、「その前に手動でつなぐことも経験しておいてください」ということで、退院時は手動接続であった。

11月12日の外来で、「UV消毒自動接続器」が新しく開発されたということでこれを使うことになった。感染症リスクの原因であるお腹のチューブと、バッグラインをつなぐ際に、この機械に両方のチューブを挟みふたを閉めるだけで、自動でつないだり、切り離し

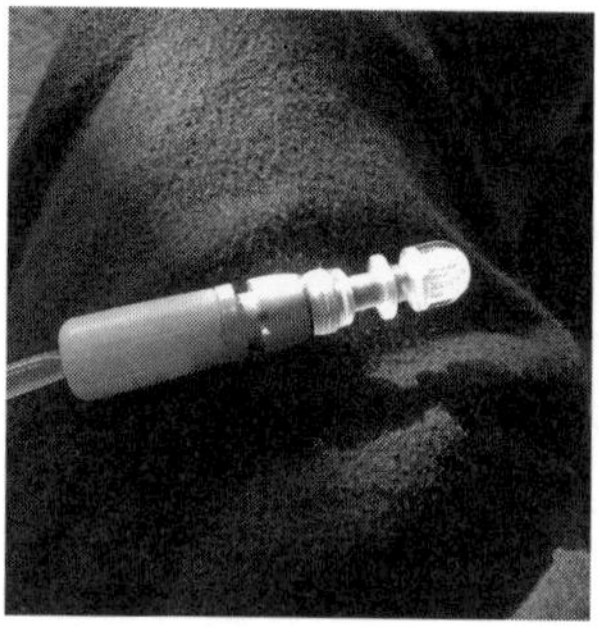

専用のアタッチメント

UV消毒自動接続器

たりしてくれる。その時点で紫外線照射が行われ消毒もできる。これは安心である。手動の時も、シャワーを浴びて洗剤や水がかかっても大丈夫とは言われていたが、定期的に消毒できないものかと思っていたので、安心できる機械が用意されたものだ。

この機械に変えることで、手動のラインアタッチメントとバッグの接続部分が自動接続器専用のものに変わることになる。お腹のチューブのチタンの部分から先のチューブが取り替えられた。今後は、どのような場合でもこの自動接続器を使っての接続になる。これまでのＡＰＤ機器は変わらず使えるのだが、透析液バッグからののバッグライン先端はすべて機械接続用アタッチメントの付いたものに替えられた。

この自動接続器を使い始めて2日後に、大分への泊りの出張が入った。先の10月の出張と同様、泊りの出張には毎晩行っているＡＰＤではなく、ＣＡＰＤのツインバッグの１５００㎖を手動で注液して6時間貯め込んで交換する。自動接続用の透析液１５００㎖を3袋得意先に送っておき、同じく自動接続用透析液バッグ１つをカバンに入れ出張した。

前日のＡＰＤが効いているので、夜22時までは透析液を入れることはないのだが、朝から移動して昼過ぎに到着、先方で仕事を終えてホテルに入り、夕方１回目の注液。その後、得意先と会食後ホテルに帰り、０時くらいに透析液の入れ替えをし、そのまま就寝する。朝6時に起きて透析液の入れ替え、朝食を取って得意先の車で別店舗に仕事に出かけた。

その間透析液の入れ替えはすべてホテルで行うので、得意先は透析を行っていることもわからない。2日目の店では、12時の入れ替えは透析液を湯煎したりが大変だなと考えながら、現場での司令塔として4人の従業員と仕事を行った。ついつい透析液の入れ替えを忘れ、12時になったので食事にゆくことになった。午前中の作業も終わっていたので、その後はそのまま空港まで送りますということになった。食事中に透析のことが思い出され、少し時間はかかるが空港で入れ替えることを考えて空港へ向かった。カウンターでチェックインした後で透析の話をし、適当な場所を確保したいと話すと、空港サービスと

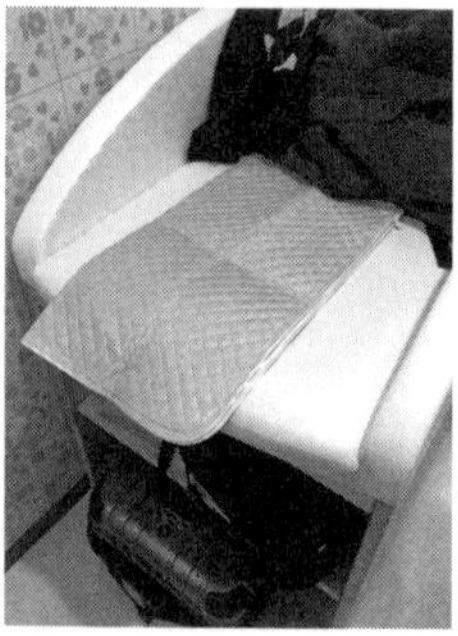
透析液用の保温バッグ

空港の授乳室でのCAPD

一緒になって授乳室を解放してもらい案内される。見てみると小型のシンクがあるのでここで湯煎しようと考え、給湯器を見ると哺乳瓶用なので量も少ない。これは使えないと判断して、熱めのお湯をペットボトルで何往復も持ってきてもらい、小型シンクで湯煎を始める。その間に自動接続器をセットし、ツインバッグを用意して機械で接続し排液を始める。排液後薬剤があたたまるのを待って注液開始、ギリギリでフライトに間に合い、帰阪した。

12時に注液の予定が、4時間の遅れが出た。16時30分の透析液注液完了から6時間後、自宅でAPDの機械につなぎ排液をすることで1450㎖の排液を確認し、その日のAPD治療が開始された。

出張中のCAPDと帰ってからのAPDの連携で出張が容易になってくるので、1泊、2泊とどのようなタイミングで透析液を注入するかを考えてゆく必要がある。

できるだけホテルで入れ替え作業を済ませ、昼間の透析液交換を抑えられれば、仕事先にも迷惑を掛けずに治療をしつつ仕事が続けられるシステムができあがるため、担当医とも相談しながら考えてゆきたい。APDの注液は2000㎖だが、CAPDの注液量は1500㎖であり、6時間ごとの交換が必要であり、考えどころである。

出張して衛生環境が整わなくても、自動接続器があることで感染症リスクが抑えられることは確かである。ただ、機器を運ぶのにバック1つにはなるので、大きなバックは航空荷物として預ける必要が出てくる、特にお腹チューブの消毒などをするはさみやピンセットがある場合にはなおさらである。また、装置の音声ガイダンスが意外に大きな音で、ホテルや空港などで操作をしていると気恥しい大きさである。

機械の操作にとまどう

11月18日朝APD終了後、お腹チューブとコネクターラインの切り離しのために、自動接続器の「切り離しボタン」を押したつもりが、「つなぐボタン」を押してしまったと思い、いろんなボタンを押し、その結果機械が途中で止まってしまい、大変なことになった。

早速メーカーのコールセンターに連絡して状況を話し、お腹のチューブがむき出し状態のまま停まって外気に触れているので、この状況から進める方法や紫外線照射することが出来ないのか聞いてみたが、新たな機械のため担当者もあまりわかっておらず、そのむき出しの部分を手動でキャップをして病院へ行ってほしいとのことだった。

こちらもあわてて手動でキャップを押し付け、サランラップで包み、チューブを輪ゴムで2か所結束してすぐにタクシーを呼んで病院へ。タクシーの中から病院に連絡し、内科のナースセンターに連絡を入れると「岸田さんですね！　担当医の先生から岸田さんが来られることを聞いております。気を付けておいでください」と言われる。メーカーのコールセンターより担当医に状況説明があり、待機状態で待ってもらっていた状況がわかりびっくりである。

病院で担当医に再度起こったことを話し、感染リスクがあるならお腹のチューブのチタンより前の部分を新たなものに差し替えて感染リスクを回避することと、抗生剤を2週間分出すので飲むように、と処方いただく。チューブを変えると言っても30~40分の作業がかかる。無菌の腹膜に直結している話なので油断は禁物と慎重に作業をしていただいた。

このことでわかったが、自動接続器には接続、切り離し、一時切り離し、ツインバッグ、廃液バッグ、クリーニングの6つの項目があるが、接続操作と切り離し操作の操作はおなじものであり、ボタンを押し間違えても、間違ったと思ったらキリの良いところで電源を外せばニュートラルに戻すことができる。慌てる必要はない。
こうやって、声が大きいこと、やりだした作業は戻すことができないことなど、新しい機器の性格が少しずつわかってきた。

ワンチーム医療

腹膜透析の治療も仕組みが出来ている。腹膜透析を始めることを決めた時点ではわからなかったが、やり始めてみると至れり尽くせりの対応が存在する。もちろん、患者自身が腹膜透析を理解してこの治療をやっていくことを決めて、主体性をもって取り組むことが前提にはなる。

私は特に、腹膜透析治療をしながらどこまで健常者の日常生活に近い生活を手に入れることができるかを検証しようとしているので、できるだけこれまでの生活パターンに近い予定を組んでいるが、そこここで「ちょっとやり過ぎ」と若干の後悔を感じながら過ごすことも人よりも多いかもしれない。しかし、ほぼ思いどうりの生活が手に入れられている。

例えてみると患者の私は、Ｆ１レーサーみたいなもの。担当医はコックピットのリーダー、看護師たちはコックピットのクルーである。リーダーは、私との問診の中で走行状態を把握し定時の外来の血液検査で体調の変化をチェックしながら薬を増やしたり、追加したりバランスを取り続ける。アクシデントがあればすぐにピットイン（入院）すれば顔見知りのクルーが駆け寄りタイヤ交換をしてくれる。

それ以外にも、透析液を切れることなく在庫をチェックして手配してくれるメーカーのカスタマーサービスに支えられている。ここでは、出張する場合の出張先でのアクシデント回避のための緊急対応を出張先で見つけるなど、依頼すれば対応は完璧にしてくれるのである。透析機器のアクシデントに関しては、メーカーは24時間対応でオペレーターが待機してくれている。後は配送会社の透析液配送、在庫整理などのサービス、その仕組みを理解して患者が前もって手配を掛けていけば、患者にとって煩わしいことはほとんどと言ってよいほ

ど起こらない。

ところがピットインクルーのリーダーがあと数ヶ月で他のチームに替わるという。入院から手術立ち合い、その後の外来を一緒に行ってきた要が移籍という事態が発生した。このリーダーについて行って違うコックピットで新たなチームを作ってもらうのが良いのか、現状で新たなリーダーを迎えてチームを再生するのがよいのか考えどころである。チームは人間関係が一番、次のリーダーの登場を待って話してみて今後の長い道のりを走ってゆくのに伴走してくれて、前もって予測を立て問題が起きたときに適切な対応を取ってくれる人だろうか。なおかつ、私と気の合う人であってくれればと願うばかりである。

第六章　未来への提言

何か足らない

ＡＰＤにも慣れ、外来で血液検査をしてタンパク量、カリウム値、リン、ヘモグロビンと、そのつど状況を確認し、投薬しながら体のバランスを整えていっている。「透析を始めたばかりで、今は全体的にバランスが取れているので良い状況です」と外来の先生にお褒めの言葉をいただいているのだが、年齢とともに腹膜の衰えも進むと、このバランスを取ることが難しくなってくるのだろうというのは想像に難くない。

最初ダイアニールと言う透析薬剤を使っていたが、自動接続器に切り替えるタイミングでレギュニールに薬剤が替わった。これは、腹膜透析の主役である腹膜をより長持ちさせる薬剤に改善されたもので、日々研究が進む中で薬剤の進歩もありがたいことではある。ただ、自分のできる身体への労りや、補完を考えると治療を進めているだけでは何か足らない部分があることはわかっているが、積極的に体力を温存することを進めてゆく必要があるのではないかと考えた。具体的な方法として散歩、ジム通い、ゴルフ、などを考えてみるが、どれも継続的に長続きしそうなものがないままに悶々としていた。

ある日、公民館の仕事で事務所にいたのだが、机の上に無造作に置いてある『介護にも役立つｙｏｕ・ｍｅ気功体操』（西原由美子著、静人舎発行）という本があったので、パラパラと見てみた。よく聞く気功ではなく、呼吸法を使った誰にでもできる体操らしい。「死ぬまで自分の足で立って元気に生き続ける」ことを目的として、著者の体験を通じて体得し考案された、年寄りにも無理のない体操のことが書かれてあった。

これだなと思い、次回の教室の日にちを確認して、当日オブザーバーとして見学してみたいことを申し出た。著者が直接指導してないだろうと思っていたのだが、御本人が指導されているようだ。すぐに先生が来られ、「どうして来られたのですか？」と聞かれたので、「ご本を見せていただいたので見に来ました」とお答えすると大変喜んでいただき、「今は女性ばかりですがぜひ今日も体験してお帰りください」と言われた。

メンバーの女性から5本指の靴下をプレゼントされ、履き替えて参加した。西原講師の立て板に水を流すような身体を動かす指示が、連続した運動を支えるように発せられる。

そのなかでも大事なポイントは大きな声で指示が飛ぶ。

一連の体操が終わったあとでメンバーが輪になって感想を述べる。何もわからずぶきっちょな感じでついてゆくのにやっとだったのだが、メンバーからは「出来てたよ！」「体柔らかいですね！」とそれぞれに声をかけていただいて気を良くした。先生からは「素直に言われた通り動いてられました。それが一番です」と言われ、皆さんから受け入れられた気がするとともに、この体操は思った通り自分の身体に必要なことだと確信した。

2回目のセッションのあと、西原先生に腹膜透析の話をして「腹膜劣化を止める何か手立てはありますか？」と聞いたところ、「腹式呼吸をして吐き出し、その後もう少し頑張って吐き出すと、腹膜を収縮させることができるのではないでしょうか！　時間をかけて試してみてください」とのアドバイスを頂いた。これは、効くかもしれないと思った。

後日、外来でこの話をしたところ、先生は「気功というのはどうなのか私にはわかりませんが、体調管理は今のところよくできています」と笑っておられた。

すぐに効果は出ないまでも、きっとこの取り組みは、自分の身体にとってプラスに働くと感じており、透析治療だけではない安堵感を覚えている。私のこの取り組み結果が良くなれば、透析患者として、やはり体力温存の何らかの運動は必要なことだと立証できることを目指して、気功体操に参加してみようと思っている。

県外での受診

令和2年になり、最初の泊り出張。福岡は大川市の産地見本市に来ている。早朝、APDでの透析を終えてタクシーで空港へ。伊丹空港から福岡に飛び、地下鉄、西鉄を乗り継いで柳川に入る。常宿の駅前のホテルに荷物を預け家具メーカーにて一仕事して、本会場である産業会館に入る。6箇所のメーカーブースをセッティングアドバイスした。

ホテルに帰り夕食を取り休息、シャワーを浴びていよいよツインバッグの透析開始と思いセッティングを終え、お腹のチューブとツインバッグをつなぐ時点で、自動接続器用のキャップを全く忘れてきたことに気づく。これは困った。自動接続器を使っていると、専用のキャップが必要である。

時計を見ると0時を回ったところだ。すぐかかりつけ病院に連絡すると、夜間外来の研修医の先生が対応してくれた。「APDで前日の朝まで透析をしていたのだが、18時間ほど腹腔が空になった状況で、現在キャップを忘れてきたことに気が付いたのだけれど、このまま明朝まで透析しない状況で翌日近場の病院でキャップをもらう形で大丈夫でしょうか?」と聞いてみる。「私は、腎臓内科の者ではないので判断がつかない。私の判断としては近くの病院の夜間外来に掛かり、内科医に判断を仰ぎ対処を考えてみられた方が良いと思います」と回答を得た。

出張前日に、緊急時対応として大川で問題が起きた場合は、どの病院にメーカーが機器を納入しているか、カスタマーセンターの担当者に確認していたので、迷わずその病院に連絡した。緊急窓口からナースと話し、キャップの在庫があることを確認、ホテル近くのカーシェアーで車をゲットし30分で夜間診療窓口に着き、診療を受ける。

「今、2つだけキャップを渡しますが、あといくら要りますか?」と聞かれたので、「6個必要です」と答える。「明日9時から病院が開きます。予約を入れておきますので9時に来られますか?」と聞かれ、9時に来ることを約束してキャップを2個もらってホテルに帰り透析を始める。排液して新たな透析液を入れて時計を見ると午前3時になっていた。

仮眠を取って翌朝9時に病院へ。診察券を作り内科医に診てもらい、問診を受けて無事残り6個のキャップを受け取ることができた。看護師さんにわがままついでに「朝3時に透析液を入れて6時間経っているので、この病院で場所をお借りして透析液の交換はできませんか?」と聞いてみた。「ここは、外来なので部屋がありません。ホテルか違う場所で行ってください」とつれない返事。

支払いに関して言えば、地元での補助などは、納税していて初めて効くのであり、自病院の患者でもなければ地元民でもない患者には優遇措置は何もないわけである。「この書類の中で使える書類はありますか？」と見せたが全て使えないとの返事。前日の深夜診療費用と本日の初診料合わせて２３００円である。今回は、キャップをもらっただけだが、県外で問題が起こり入院、治療が必要になったとしたら結構な出費になるところだと思った。しかし、唯一メーカーとの関連がありキャップを出してくれただけでありがたいと考え、ホテルに戻って透析液の交換を行う。

地元の医療機関を使う場合と県外に出張した場合の助成の違いを感じたが、それと同時に「出張もできる透析」と腹膜透析のメリットを話す上で、新たな問題点も浮き彫りになった今回のハプニングであった。

腹膜透析の問題点

ここまで、腹膜透析を実際に日々行いながら、出張や仕事をこなしてきた。透析をしながらでも仕事を続けていけることを実証できたように思う。

ただ、問題点があるとしたら、腹膜の劣化の問題である。腹膜は本来真空パックのように内臓に密着しているものだが、腹膜透析はその腹膜と臓器の間に空間を作り透析液を溜め込んで透析を行う。つまり本来使われない用途として、徐々に慣れさせ透析機能を持たせるのだが、この腹膜が劣化しやすいことが最大の問題点になると考えられている。長くて5年、何か問題（感染症等）があれば1〜2年で終了してしまうことも多々あるようだ。腹膜が使えなくなると血液透析に移行するのが常套手段になっている。せっかく腹膜透析で仕事を継続する決意を持っていても、これではあっけなさすぎる。せめて短くても5年、長く持てば10年の腹膜寿命が確保できないものか、腹膜の権威に相談して見たいところだ。透析液に腹膜保護の成分を添加したり、何らかの方法で伸びきった腹膜を元に戻す方法論などないものか、試すことができるなら挑戦させていただきたいと考えている。

腹膜透析で出張するために

腹膜透析を始めて1年以上が経ち身体の状態も落ち着き、夜はAPDを行っているが昼間はほぼ健常者の生活と何ら変わることなく生活が行われている。ありがたい事である。ただその中で出張に出る時の苦労は何回行っても慣れるものではない。

家ではＡＰＤで毎日の透析治療を行うのに対して、出張になるとツインバッグシステムのＣＡＰＤを使って透析を行うことになる。これはＡＰＤのように就寝中８時間を使って治療を行うのではなく、６時間の区切りで１５００㎖の透析液を腹腔に貯めたまま仕事を続けるやり方である。ＡＰＤの２０００㎖に対してＣＡＰＤは１５００㎖と透析液の量が減るので、出張先での活動に違和感を覚えるほどではなく問題はないのであるが、ＡＰＤと組み合わせる形で、朝にＡＰＤ治療を終えて出張に出かけ、その日の日中は透析治療は行わず、夜の０時からツインバッグを使うことになる。０時、翌朝の６時、昼の12時までをワンクールとして、夕方の18時に排液した後６時間腹腔を休める。その後０時から新たに貯留して朝の６時、昼の12時と繰り返すわけである。

慣れてしまえばツインバッグも扱いやすく廃棄もしやすいので楽なのだが、２泊すると１５００㎖の透析液が８袋必要になり、この重量はかなりなものになるため、前もって宿泊先に送っておく必要がある。また、このツインバッグでの治療で厄介なのが、昼の透析液の交換である。昼の12時に排液、貯留を行う作業場を確保する困難に加え、仕事を中断してこの作業に入るために、部外者への配慮や協力を得なければならない。夜の18時、夜中の０時、朝の６時に関してはホテルで行えるのだが、昼の12時の入れ替えだけは仕事先

出張先ホテルでのAPD

に近い場所での作業になるため、得意先に了解を得て応接室を借りたりする必要が出てくる。さらに、1時間前くらいから、透析液の保温手配を仕込んでおく必要があるのも、治療者にとって厄介な仕事だ。このように、CAPDには昼間の制約が多い。

そこで、先日、徳島への出張が入った際には、筆者の住む大阪から車でAPD機器をもって出張することにした。ホテルでは、1・8m×45㎝の長テーブルを用意してもらいAPDをセッティングした。APDを出張先で行うためには、APD本体のほかに、チューブの自動接続器（消毒機器）や排液容器が必要になってくる。

この機器で就寝中に透析治療をすることにより、昼間の透析液貯留のわずらわしさから解放され、仕事先での仕事の進行の妨げがなくなって、出張でのリスクが大きく削減された。

しかし、翌朝の排液ボックスの洗浄や透析液バッグの廃棄処分などの作業に時間がとられるため、最低でも朝の6時くらいには治療を終えるスケジュールが強要される。ここでチューブキャップを一つ忘れることがあっただけで治療は中断し、同じメーカーの機器を保有する近隣の透析クリニックを探す必要が出てくる。それらのトラブルの対処も考慮に入れての出張予定を組む必要があるのだ。

透析しながらも自由に出張して仕事をすることができるために、何があったら透析患者の自由度が上がるかについて妄想してみた。

腹膜透析患者が透析液交換に必要なものというと、1坪くらいの衛生空間、透析液、透析液保温器、自動接続器（消毒機器）、チューブ部分の処置用ガーゼ、薬剤などがある。出張中に飛行機を降りた所や新幹線の駅にこのような空間があれば、患者にとっては大助かりである。保温から始めると1時間くらいはその場所を占拠してしまうので、そんなブースが2〜3室並んでいて、看板として convenience PD などと書いてあると透析患者としては助かる。

また、ビジネスホテルでも、禁煙室があるようにＡＰＤ機器設置の部屋を1割くらいの部屋数を割いて提供してくれたら、透析患者の命をつなぐホテルとして全国の腹膜透析患者の指定ホテルになることでＡＰＤ室は埋まるのではないかと思う。

このサイクラー設置ホテルがあれば年間契約したいくらい便利になる。また、そのホテルが主治医ともつながり、事前の出張相談の上、担当医の指示により透析液の手配が行われ、ミスなく薬剤がその日の22時くらいまでにＡＰＤホテルに届くようになればなお完璧である。客室としても一般の２０００～３０００円増しでも十分利用者はいると思う。

また、最近、カプセルホテルが増えているが、カプセルＡＰＤとして全室腹膜透析のＡＰＤ専門のカプセルホテルがあっても良いのにと思う。

妄想半分でＡＰＤホテルなるもののプランニングを行ってみた（筆者はこの手の仕事をしているので）。

ＡＰＤホテル

透析患者は、８時間は拘束されるので、出張先での夜の徘徊もできるわけもなく、皆時間が来たらおとなしく機械につながれるわけである。ベッドとＡＰＤにつながれた３メートルチューブの長さの範囲で行けるトイレの配置がミソである。これらＡＰＤ機器

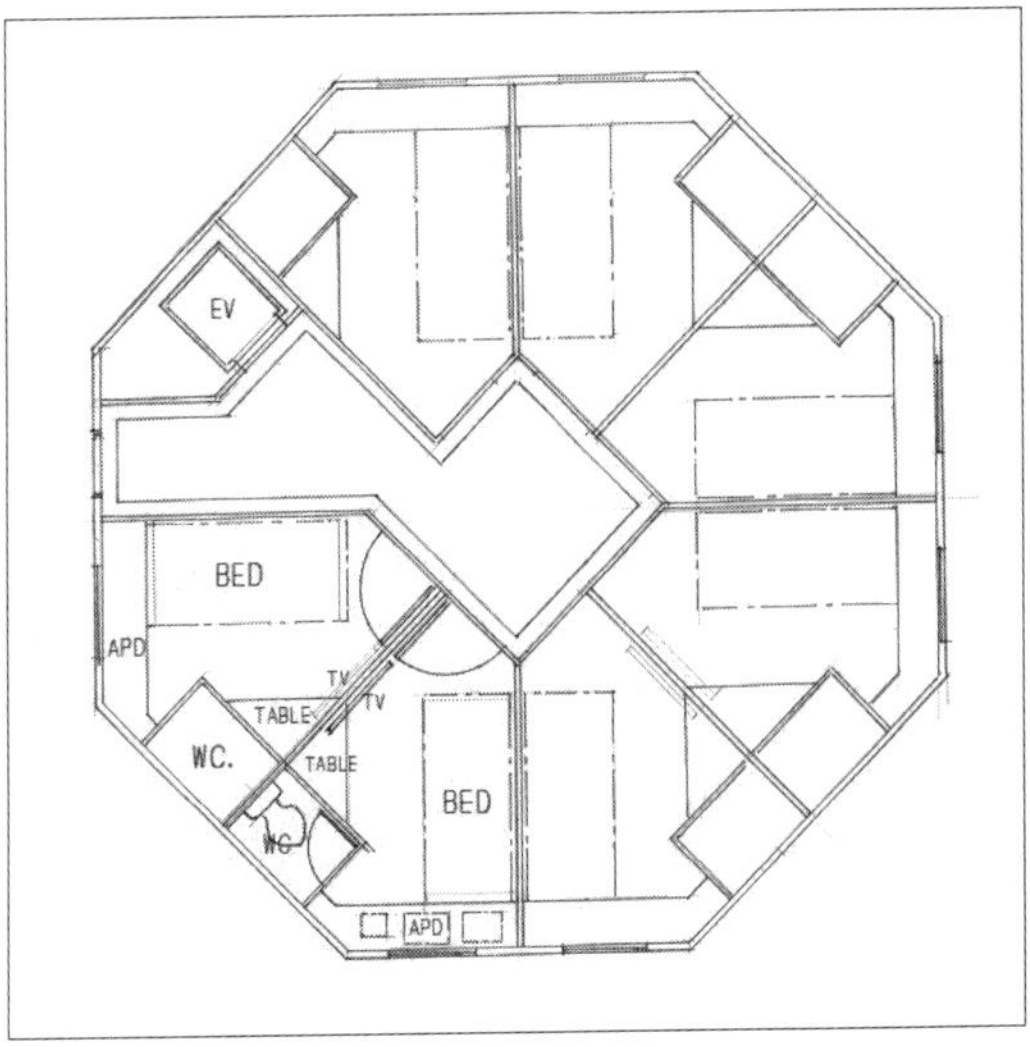

APDホテル平面図

と、排液ボックス、自動接続器、予備バッグスタンドまでがホテルとして常時完備されている。医療機器メーカーとの連携があり、患者の使う種類や濃度の透析液が、事前に申し込んでおくことで出張までにホテルに届いているようなサービスがあれば、もっとよいのではないかと思う。

仮に透析液の送付は患者が行ってもよいが、機器の貸し出しと後始末をサービスとしてやっていただける宿泊施設があれば、もっともっと腹膜透析患者のビジネスの世界が開かれるのではないかと思う。腹膜透析治療をされているホテルオーナーがおられてAPDプランに触手が動くような偶然があればと思い、このプランを最後に載せておきたいと思う。

大手企業の幹部用には、エグゼクティヴホテルがＡＰＤを設置した、ゴージャスＡＰＤがあっても面白いかと思う。

新幹線の各駅にＣＡＰＤルームが設置されればビジネスマンは重宝するし、ＪＲ九州の企画する「ななつ星」などコースの決まったホテルにはＡＰＤを設置することで、腎臓疾患のある方にも心置きなくプランを楽しんでもらうことができる。

どこでも透析液の交換はできるのだが、大都市部の総合病院で簡単に透析液交換のできる設備の整った衛星ルームが何室かあって、事前に登録しておけば使えたらより安心できるサービスになる。交換だけなら病院側は何もする必要がないが、万が一トラブルが発生しても、腹膜

APDホテル室内・外観イメージ

透析の知識がある医療関係者がおられる病院というバックボーンは最高の治療場所ではある。透析医療機器や薬剤を扱っている各企業は、考えていたり実際稼働しているサービスがあるかもしれないが、これからしばらくは透析患者が増えるだろうから、これらがあれば患者の自由度が格段に高まることになる。

スピリチュアルも気功も動員して治療にあたる

コロナの影響で本書の発刊が遅れ気味になっていたが、何とか上梓の見通しがついた。透析を始めて8月で2年が経とうとしている。透析治療や外来に通う中で色々なことを考える2年だった。

血液透析にしろ、腹膜透析にしろ、やることは誰も同じだが、治療を受ける患者の身体の状態、コンディションの状況はそれぞれである。透析の治療に当たられる専門医や患者側からの声を、専門誌の原稿で読ませていただいても、十人十色で、共感したり、悲観せずもっと頑張ってほしいとお声を掛けたくなったりである。この治療に違いが表れるとしたら究極言えば患者の心の持ち方ひとつではないかと思う。

私は、真実かどうかわからない事ではあるが、一応霊の世界があるものと考えて生きている（最近の話だ）。これは、目に見えないことは真実ではないと考えるか、そうとは言い切れないと考えるかの問題だ。大方の方が目に見えないのだからあり得ない事だと考えるのだろうが、どちらとも証拠がないのであれば、五分五分の確率であるのではないかと考えてみたのだ。それで霊の世界など無いと切って捨てるのではなく、あるかもしれない方の仮説で生きてみることにしたわけだ。以下の霊体に関しての話は、一〇〇年前からの自動書記による霊界からの記述や、霊媒による霊体からのことばがテープや本に残っているものを参考にし、霊体が霊の世界はこうであると話していることを仮説に落とし込んで霊の世界を想像している。

人は霊体と肉体で成り立っており、肉体は死んでも意識は霊体と共に残り消滅することは無いという仮説に立っている（死んだら本当のことがわかるだろう）。この世に存在する肉体は霊体と二重構造になっており、肉体は霊体の乗り物であると考えている。車でも乗り続けていると電気系統が傷んできたり、エンジンの調子が悪くなったりしてくるものだ。それと同じで、最初に新車で与えられた身体であっても、暴飲暴食、無理がたたり腎臓に欠陥が出てきたところが今の自分である。身体の不調はあっても心（霊体）はどこも悪いところがなく至って元気である。ただ、人間の作った車とは違い、人の身体は有機的な複雑な構造をしている。だから一度傷んだ腎臓は腎移植をしない限り元に戻すことが出来ない。しかし複雑なだけに「病は気から」とか「風邪は気力で直す」とか「奇跡的に一命をとりとめる」「ストレスが原因の疾患多数」など摩訶不思議な事が起こるのも人間の身体である。その不思議で複雑怪奇な身体で起きている故障に対して、簡単に一部位が故障したからそこに効く薬を投薬したらそれで良いというわけではない。それで収まらないのが人間の身体だと考えることもできるのではなだろうか。

腹膜透析にしても、少しは外科の力を借りるが、腎不全になった機能を腹膜で代替えができるというのは、神秘的対応の一つになるのではないかと考えている。先日、定期検査での入院の際、除水は順調に出来ているが老廃物の交換が上手くいってない可能性がでているとの指摘があり、24時間の畜尿の検査や透析液の排液検査をすることになった。同じ透析治療をしていても腹膜での不純物のろ過がうまく進んでいないと結果が出ている。その原因はどこにあるのか？　何がそうさせているのか？　それを解明していかなければならない。検査の結果は数値に異常が見られず、前回の検査時はたまたま、ろ過しなかったのか、原因はわからないまま、「一安心ですね」という数値による「問題なし」の診断をいただいた。生身の身体的な状況が得られた。釈然としないままに一応安心したのであった。

ここで始めようとすることは、総合的な身体の神秘の力を使って治療を進めることが可能なのではないかという仮説である。タバコは身体によくないと言いながら、吸い続けて90歳まで生きた方もいるし、吸わなくても肺がんになって若くて死ぬ方もいる。人それぞれの持って生まれた力の差と言ってしまえばそれまでだが、もっと自分の身体を内観することから始めて、イマジネーションを使って透析治療を良い方向にフォロウすることで何らかの良い効果が得られないものかどうかということである。

それらのイマジネーションを掻き立てるために「気功体操」なるものに取り組んでいる。

気功体操は、気功を使った筋肉のほぐしと気を想定した呼吸法を使って身体全体のバランスをとる体操である。腹膜透析は、普通では液をためることはない腹膜に2000ccの透析液を夜中に入れたり出したりを繰り返している（私の場合、現在は一晩に4回）。そのため腹膜が伸びて収縮しない印象がある。これに対して腹式呼吸で息を吐ききってその後ももう一度吐き続けることで、腹膜筋が収縮する感じがするのだ。あくまでイメージなのだが、透析治療で使って疲弊する腹膜筋の活性化が、治療のメリットに結び付かないだろうか?。このような仮定や、身体全体の気の循環による血流の活性化による免疫力の増進をイメージしながら気功体操を続けたいと思う。

スピリチュアル的には、自分の身体に起こることのすべてが、これまで生きてきた業（カルマ）の清算のために起こっていることという考えがある。肉体を脱ぎ捨てることはこの物質世界から霊界に戻れるチャンスであり、怖いことも、悲観することもなく、身体の傷んだ部分の負の部分が無くなり、病気の無い健康な霊体に戻ることが出来る。この物質世界での必要な時間を終えたのであれば自然と霊界に召されることになるし、まだ生きてゆくことが出来るならこのイマジネーションでの治療を実践してゆくだけである。

コロナの問題も「そんなややこしいウィルスのいる物質世界を後にして霊界に戻ってくるように」と配慮があればコロナにかかって重篤化することもあり得るが、「まだまだ物質世界でのやり残したことを続けなさい」ということであればコロナにもかかることはないと考えている。一応予防はするが必要以上に怖がったり、行動に制約を作らないでいようと考えて、腹膜透析を楽しんで生きてゆきたいと考えている。

むすびに　老後を活きる――１００歳時代を迎えるために

私は、この本を書くにあたって、昨年で古希の節目を迎えた。あと何年生きられるのかを考えてみた。昨今１００歳まで生き延びる人が目に見えて増えてゆく傾向にあり、漠然と考えても30年あるのである。しかし、この年にして仕事や人間関係などがやっと理解でき始めた気がしており、仕事にしても多角的な思考ができる中で洞察力も増し始めたようにも思う。ネットの普及のおかげでプロパガンダを行うメディアや隣国達の本当の思惑も知れ、何か腑に落ちなかった事象が見え始めている。自分の力でどうなるものでなくとも騙されて気が付かないほど嫌なことはない。

昨年から腹膜透析を始めたわけであるが身体を酷使してくると最終段階において色々なリスクが出てくる。急に癌に侵され予想をはるかに超えて短命になることから考えると、慢性腎不全は、透析をやりさえすれば20～30年は生き延びられるのであるからありがたい。しかし、癌であろうが、腎不全であろうが残り少ない時間の使い方が大切だと思っている。30年生きたとしても「腎臓が悪いので何にもできない」「透析しているからこれから新たに仕事することは無理だ」などと言って愚痴る30年を生きるのか、それとも「透析さえしていればまだ30年生きられる」、「傷んだ腎臓はしょうがない、このリスクをもって能動的に活きてみよう」と思うのかで人生は大きく変わると思う。

私の場合、手始めに「腹膜透析をやっています」とカミングアウトするところから始めようと考えている。まだ絶対数が少ない腹膜透析について、これから選択を迫られている人に対して、腹膜透析して生きているとこんなことがあるよ、と事例を挙げてお知らせしてやろうと考えた透析人生のスタートである。

そう考えると透析患者の私に迫ってくる外部のリスクが「なんてことが起きるのだろう」というような驚く事象が次から次へと起きたため、短時間で色々なケーススタディーが書けたような気がする。その度に、読者のためにしっかり見極めることが出来たし、その時に自分一人の判断で緊急時の対応の仕方が次々に頭を駆け巡る。これもこの本を書こうとしたおかげだと思う。不安より、どうすることが患者にとって一番いいことなのだろうか、すぐに行動に移そう、と後押ししてくれるのである。生き方は人それぞれなので他人にこうしなさいとは強要できないが、透析が自分の身体に与える色々な変化を見つつ、それ以外に捻出できる時間を使って、仕事を通して何か人のために尽くせることがあればやっていこうと考えている。身体の安定を優先しているので、自分の透析した身体で不自由なく出張ができれば「頭」を運ぶことが出来る。身体を使う仕事は出来なくても、長年の経験からジャッジしたり、アイディアを出すことは、十分できるのである。そう思うと自分のジャッジ、アイディアにより磨きがかかる。優先順位が身体を動かすことではなく思考することに特化してゆくのがわかる。

入院してから2年が経とうとしている。その間に3人目の担当医にバトンタッチされた。患者側からは何も言えないが、データがあるから大丈夫と言われるのだろうか。腹膜透析の医師が少ないことは周知のことなので、いろんな腎臓内科で腹膜透析医師が必要とされている時期なのか。それにしても異動が多すぎるのではないだろうか？

気心が知れて何も言わなくても分かってくれる関係が次々と消滅して、患者から履歴を話してゆかなくてはニュアンスが通じるところまではいかない。若い医師は特に異動が多く、それをコントロールしているのは本人の希望よりも大学の医学部であるらしい。

一生付き合ってもらえるものだろうと考えていたので、この将棋の駒を移動させるような転勤の形は患者にとっても医師にとってもあまり好ましいものではない。

そのことを知り合いの腎臓内科医に聞いてみたところ、「大手はそうかもしれないけれど、中小や街中のクリニックでは、医師も看護師も変わらずずっと一生見させてもらってますよ」と聞かされた。

本のタイトルを「病院にピットイン！」としたが、外来の担当医師が血液検査を通して患者の体調を管理してくれるのは、F1でいえばレースディレクターにあたる司令塔の役割だ。問題が起きればそのコントローラーから入院の指令が出て、入院すると顔見知りの看護師グループが皆で看護してくれる。透析しながら走り続ける患者をサポートする医師と看護師の集団は、ピットクルーのようであったからこの書名をつけた。

しかし、私としては、この先、年齢を重ねる度に問題も起こりやすくなるだろうし、タクシーですぐ飛んでいける近場の病院で、変わることなく一生面倒を見てくれるなら、この辺で転院を考える時期かもしれないと考え始めている。

本文中でも書いたが、スピリチュアルな考え方として自分の寿命を「何としてもここまで生きたい」とは思っていない。コロナの影響も、若者から徐々に年配者への家庭内感染が増えつつある中で、予防はするにしても、かかって重症化する可能性も無いとは言い切れない。その最期は神のみぞ知るの心境である。コロナが原因になるかどうかわからないが、物質世界の生活を終了しなさいと言われれば何らかの原因で肉体を脱ぎ捨てることになると思うが、この世の中でもう少し生きてみろという意思があればウィルスにも負けず生き抜いていくことになると思う。すべて神にゆだねているがあと50年は生きてゆく覚悟はできている。

二〇二一年五月二十四日

岸田　徹

謝辞

当初、入院時の看護師との約束でクラウドファンディングで出版してみようと始めたことでした。私にとっては出版もクラウドファンディングも初めての試みであり、70代の私にとって自分の書いた本を自費出版で出すのは分かるが、本当に私の出す本に皆様が賛同し支援してくれるのか疑問に感じながらのスタートでした。

クラウドファンディングをサポートする会社は何社もあり、ネットで調べ若い詳しい人に聞いてみて一歩一歩進めてゆきました。クラファンのプラットホーム会社の一つに相談したところ、あなたのやろうとしているクラウドファンディングはわが社よりもREADYFORさんの所が合うように思うという同業者からの推薦からREADYFORに決めさせてもらいました。

クラウドファンディングを始めようとして最初に聞かれることがこの本を誰のために作るのか、どうしてこの本を書くことになったのか、この本を提供出来たらその対象になる方はどのようなメリットがあるのか等、初心を明確にさせてもらえたことには感謝でした。フェイスブックの友人知人（150／692）にクラウドファンディングに挑戦する告知を出しました。告知は一般的な紹介文書なのですが、プロジェクトを覗いてもらうと、透析になった私の気持ち、血液透析と腹膜透析のどちらを取るかで迷ったこと、その時点でほしかった腹膜透析患者の情報など、この本に託した私の気持ちが書いてあります。その気持ちに答えてくださった支援者90名の熱い気持ちは、4月14日のスタートから5月20日の20時をピークに「今から透析に向かわれる方達にこの本を届けたい」という私の気持ちに皆様の気持ちが凝縮されて「達成」となりました。達成後もおめでとう、これで本が出来ますね！　この本が透析患者の方の気持ちを少しでも和らげられますように！など支援者の気持ちは透析患者に向かっております。私の考えた、これから透析を迎える人のためにという一人の気持ちが、このクラウドファンディングのおかげで90人の同じ気持ちを持った方達に後押しされてこの本を皆様にお届けすることが出来ました。支援くださった、お気持ちがうれしく、何とかこの気持ちをあとがきに添えて患者の皆様にも届けたいと思い、最後のページを追加いたしました。

クラウドファンディング運営会社　READYFOR 株式会社
タイトル　病院にピットイン「腹膜透析闘病記」岸田　徹
公開日　2021/04/14
終了日　2021/05/20
募集期間　36 日間

＊下記 90 人の皆様のご協力を得て 5 月 20 日に達成いたしました。
ありがとうございました。　（敬称略、順不同、許可をいただいた方のみ掲載）

松本理絵	天野義則	okan	岡野雅幸
西座昌雄	倉田希容子	林眞一	足立将一
岸田徹	中野秀一	嶋田徹	AW
宮下登巳恵	株式会社宮崎ながの	田中康介	miporin
雑部麻美	岡田眞里	宝川悠一	宮原浩智
房本実	松尾茜	佐和田英之	伊川昌宏
安野谷真理	淡野幸子	gorufugogo	高山智嘉
黒田眞理子	松本知代	伊豫田久訓	高木史緒
田中沙也香	山崎徹	税田貴子	吉永幸善
小早川直子	綿貫洋子	野田正美	マスイ ミエコ
久保恵理	衣笠肇	栗田浩一	Harry Hawkins
森俊弥	長澤巧太郎	岸田保雄	角本容
鍋田知宏	井町良明	千里山	池原啓志
橋本学夫	岸田孝介	後藤宗一郎	増本万里子
石橋勇也	矢部雄一	後藤久美子	柴田眞理子
五島隆久	村上晃司	関光卓	b-going
大森正	木辺智子	森田大輔	添田直子
新居敬造	吉川正勝	益村結花	西原由美子先生と千二公民館気功体操有志
橋本貴司	岡正光	高橋鉄郎	
青森宏悦	中山曜誠	長野正典	
吉川秀男	User0573	貫井千恵	
二瓶良子	原宏一	松本光生	

岸田　徹（きしだ　とおる）

昭和25年（1950）生まれ。大手家具メーカーで18年間、商品開発から店頭プロモーション企画に携わったのち、独立して家具小売店専門の店舗企画事務所を経営する。現在は中小企業庁の専門家に登録しており、専門家派遣事業の仕事で全国を回っている。令和元年（2019）より腹膜透析を始める。

病院にピットイン！　腹膜透析闘病記

2021年7月10日　初版発行

著　者　岸田　徹

イラスト　見杉 宗則

発　行　リトルズ

〒606-8233 京都市左京区田中北春菜町26-21
電　話 075-708-6249　F A X 075-708-6839
E-mail info@littles.jp
https://www.littles.jp

発　売　小さ子社

ISBN 978-4-909782-62-5